世界经典童话小说书系

吝啬的富商

著者／莫里斯·梅特林克 等　编译／张立杰 等

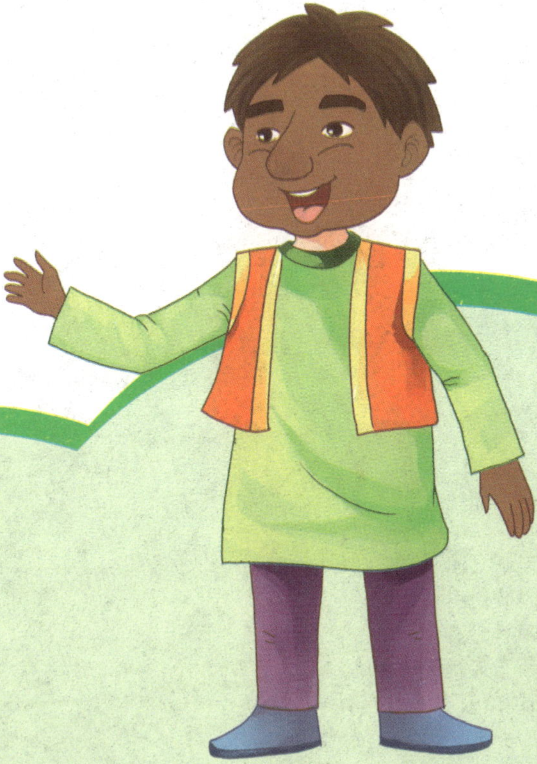

吉林出版集团股份有限公司｜全国百佳图书出版单位

图书在版编目（CIP）数据

吝啬的富商 /（比）莫里斯·梅特林克等著；张立杰等编译.-- 长春：吉林出版集团股份有限公司，2016.12

（世界经典童话小说书系）

ISBN 978-7-5581-2111-1

Ⅰ.①吝… Ⅱ.①莫… ②张… Ⅲ.①儿童故事－作品集－世界 Ⅳ.①I18

中国版本图书馆CIP数据核字（2017）第065117号

吝啬的富商

LINSE DE FUSHANG

著　　者　莫里斯·梅特林克 等
编　　译　张立杰 等
责任编辑　李　娇
封面设计　张　娜
开　　本　16
字　　数　50千字
印　　张　8
定　　价　18.00元
版　　次　2017年8月　第1版
印　　次　2020年10月　第4次印刷
印　　刷　三河市嵩川印刷有限公司
出　　版　吉林出版集团股份有限公司
发　　行　吉林出版集团股份有限公司
地　　址　长春市绿园区泰来街1825号
电　　话　总编办：0431-88029858
　　　　　发行部：0431-88029836
邮　　编　130011
书　　号　ISBN 978-7-5581-2111-1

前言

QIANYAN

儿童自然单纯，本性无邪，爱默生说：“儿童是永恒的弥赛亚，他降临到堕落的人间，就是为了引导人们返回天堂。”人们总是期待着保留这份童真，这份无邪本性。

每一个儿童都充满着求知的欲望，对于各种新奇的事物，都有着一种强烈的好奇心，这样在成长的过程中就不可避免地被好的或坏的事物所影响。教育的问题总是让每个父母伤透了脑筋，生怕孩子们早早地磨灭了童真，泯灭了感知美好事物的天性。童话很好地解决了这个问题，让儿童始终心存美好。

徜徉在童话的森林，沿着崎岖的小径一路向前，便会发现王子、公主、小裁缝、呆小子、灰姑娘就在我们身边，怪物、隐身帽、魔法鞋、沙精随时会让我们大吃一惊。展开想象的翅膀，心游万仞，永无岛上定然满是欢乐与自由，小家伙们随心所欲地演绎着自己的传奇。或有稚童捧着双颊，遥望星空，神游天外，幻想着未知的世界，编织着美丽的梦想。那双渴望的眸子，眨呀眨的，明亮异常，即使群星都暗淡了，它也仍会闪烁不停。

童心总是相通的，一篇童话，便会开启一扇心灵之窗，透过这扇窗，让稚童得以窥探森林深处的秘密。每一篇童话都会有意无意地激发稚童的想象力和感知力，让他们在那里深刻地体验潜藏其中的幸福感、喜悦感和安全感，并且让这种体验长久地驻留在孩子的内心，滋养孩子的心灵。愿这套《世界经典童话小说书系》对儿童健康成长能起到一点儿助益，这样也算是不违出版此书的初心了。

编者

2017年3月21日

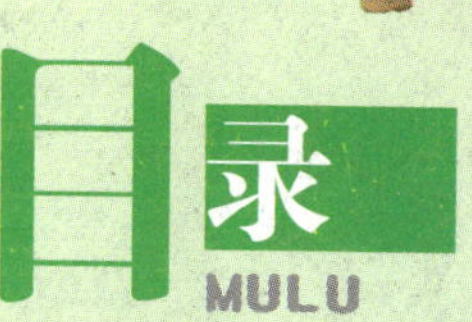

目录

MULU

小鸟西良

从前，有个善良诚实的人叫鲍仁。他有一个儿子西良和女儿鲍茜尔卡。鲍仁夫妇俩把儿子当宝贝，心里只有儿子，所以把他给宠坏了。到了上学的年纪，西良不肯学习，不听老师的话，只顾去河边捉鱼、游泳。

一年又一年过去了，西良长大了，变成了成年男子，到了结婚的年纪。父母对他毫无办法，决定让他结婚，希望他结了婚，有所好转。

父母为西良在村里找到了一个妻子，名叫妮达。西良是多么幸运啊，因为妮达是这个村里最漂亮、最勤劳的姑娘。过了一年，妮达生下了一个儿子，取名万尔柯。

西良虽然结了婚，有了儿子，但是他还是不肯干活儿。父亲在地里种地，母亲在厨房做饭，妻子妮达和姐姐鲍茜尔卡收割庄稼，而西良却穿着新衣服，在市场上玩儿。他们家在戈尼阿列村，西良常常进城去酗酒，在城里吃白面包、酥糖以及各种各样的美食，和他的酒肉朋友一起鬼混。

“我的儿啊，千万不要走歪路啊。不听父母的话，你可会倒霉的啊！你还记不记得杜鹃和猫头鹰的故事啊？”西良听得有些不耐烦了，但父母接着说：“从前，他们都是人，是兄妹，就因为不听父母的话，遭遇了厄运，才变成了鸟类啊。杜鹃在白天飞，总是“咕咕”地叫着，他是在找哥哥；而猫头鹰在夜里飞，总是“唔哈唔哈”地叫着，他是在找妹妹呢。可是他们都找不到彼此。你现在也是这样，不听父母的话，再这样下去，总有一天会后悔的！”

父母这样劝西良，西良却无所谓地看着天花板、数着横梁。

一天，一个人找到了这个酒馆，问这里的老板，“您这有人能带我去村里，并和我一起到耶路撒冷去朝圣吗？”

原来，这个人准备去耶路撒冷朝圣，但是他没有路费，就想去各个村子凑路费。没想到西良听到这个人的话，马上高兴地说：“这个差事对于我来说，真是太合适不过了。”

“我熟悉这里的每一个村子，如果你带我去朝圣，我可以带你走遍每个角落！”西良说。

这个人高兴极了，两个人一拍即合，就一起去了村子里。过了一个夏天，他们终于攒够了去耶路撒冷的盘缠，准备去朝圣了。

他们先到了一个陌生的地方，然后又坐上了帆船来到了大海上。船在大海上航行，强劲的风把他们抛来抛去，一会儿向上，一会儿向下，一会儿往东，一会儿往西。最后，船触碰了岩石，被撞得粉碎。船上的其他人都落到了水里，下落不明，只有西良一个人抱着一块木板得救了。

当他漂到了岸上的时候，已是筋疲力尽。

西良在岸上躺了很久，不知过了多长时间，醒了过来。他感觉到，波浪总是把他推来又推去。他赶紧起身，离开大海，在这片陌生的地方走啊，走啊，又走了很久，他又看到了岸边，这才发现，自己被海浪抛到了一个岛上。

西良走到一个山洞附近，山洞边有泉水，泉水边有很多草莓。水灵灵的草莓被西良摘了个精光。他吃足了东西，喝饱了水，准备在山洞里睡觉。可是，他怎么能够睡着呢？就一个人，在这样一片荒凉的孤岛上，没有鸡的啼鸣，没有狗的叫声，没有儿子围在身边……

“爸爸啊，妈妈啊，我的儿万尔柯啊！还有姐姐，还有我的妻，你们都在干什么？也许你们在想我吧，是在像我想念你们一样想念我吗？当初，我为什么不听你们的话，留在家里，好好在田地干活儿？啊，我想见到你们，可是这里四面是海，我怎么才能离开这儿呢？无论去哪都是水，水连着水啊……我还能回到故乡戈尼阿列村吗？”西良开始思念起家里的人了。

西良一直哭着喊着到了天亮。看见了太阳，他赶忙出去寻找，找人，找吃的。

西良爬到了一座高山上，他往四周望了望，看见下面的山和山之间有一块农田。他下了山，来到田里，看见一对夫妻正在草地上割草。

西良疑惑着走到了夫妻的面前行了礼，但是没有说话，因为他不知道他们能否听懂他的语言。那对夫妻看到西良，停止了割草，说道："西良兄弟，怎么搞的，行了礼，却一句话也不说？是嗓子坏掉了吗？"

"我想同你们打招呼，但是我不知道你们是否能听懂我的语言。可是你们现在甚至连我的名字都知道。"西良更加诧异了。

"我是第一次见到你们，所以怎么都想不通，你们怎么会认识我呢？"西良接着问道。

"西良，是风把你吹到我们的土地上来的。好吧，那我告诉你我们为什么认识你吧。不过你得先坐下来，吃点面包和羊奶酪，然后和我们一起去我们家做客，到那再告诉你，我们为什么认识你。”男人说。

西良答应了男人的邀请。晚上，他们一起来到了夫妻的家里。他们刚走进院子，一群孩子就喊叫起来：“戈尼阿列村的西良来了！”

西良十分奇怪，心想：这究竟是怎么回事儿？这是梦还是现实呢？为什么小孩子也都认识我？可我从来没见过他们呀！

西良走进屋子，屋里的所有人都向他问了好，说："欢迎你，西良!"他坐下来吃饭，被当成贵宾招待，所有的饭菜都是最好的。一会儿，吃完了晚饭，邻居们过来了，他们看见西良都说："西良，是什么风把你吹到我们的土地上来了?"

西良不认识任何一个邻居，但所有的邻居都认识他，他觉得更奇怪了。这时，一个年纪最大的邻居坐在西良身边。

老人问道："孩子，你快说说，你的父亲鲍仁好吗？你的母亲身体健康吗？你的儿子万尔柯、妻子妮达和姐姐鲍茜尔卡都好吗？你还和你那些狐朋狗友鬼混吗？你戒酒了吗?"

"我没有戒酒。就是为了这个我才离开了父母，离开了妻儿。要不是因为喝酒，我就不会遇到那么大的灾难了。不过，让我很不解的是，为什么这里所有的人都认识我呢?"西良回答。

“西良，在你还没有出世时，我们就都在戈尼阿列村住。现在我们每年春天还要到戈尼阿列村去，等到秋天再回来。我们全部都住在你的村里，所以比你更了解你家里的事情。你的亲戚，你们村里的人，我们都认识！”老人接着说道。

西良很诧异，为什么自己不认识他们，他们却清楚所有关于自己的事情，于是要求老人给他解开这个谜，老人很坦诚地跟西良讲：“我们春天变成鹳，飞到你们村里，也就是我们的故乡，住在你们的房顶上，可以看见村里所有的一切。晚上我们就在人家的火炉旁边，听人们谈话。”

“那你们是怎么变成鹳的？你们现在可都是人啊！”西良问道。

“是的，我们是人。我们和你们一样都是人，我们之所以会变成鹳，是因为受到了爷爷的诅咒。那时我们还是个孩子，任性不听话，做了不少坏事，整个村庄的人都讨厌我们。大家骂我们，劝我们要听老年人的话，不要胡闹，不要欺负别人，还劝我们好好读书，以后好为人们做些事情。”老人停顿了一下，显得很后悔的样子。

“可我们什么话都听不进去。有一次，一个陌生的老头来到我们的村子里，我们就去招惹他，他生气了，打了我们，我们也用石块打他，他被一个大石块击中，一命呜呼了。我们把他葬在一棵树下，葬好后，他竟然在棺材里说话了。他说：‘凡是用石头扔过他的人都会变成鹳，秋天飞到异国去，春天才飞回故乡。’他还说：‘在异国的一棵大树下，有两处泉水，一处泉水是鹳吃的，另一处是人吃的。春天一到，人们在鹳用的水里洗澡，也会变成鹳，秋天，在人用的泉水里洗澡，又会变成人。’从那时起，我们就在春天变成鹳，飞过大海，飞回故乡，秋天再回到这个岛上，在人的泉水里洗澡，变成人。说实话，我为当初的做法后悔极了。”老人说到这里，用衣袖擦了擦眼泪。

“那我有办法回到故乡吗？有船到这里来吗？”西良问。

“西良，船是不会到这里来的，这个岛的海岸十分陡峭，怪石嶙峋，船靠岸时，波浪会把船冲到岩石上，把船拍打得粉碎。但是，我还是想告诉你回去的办法。到了春天，你在鹳用的泉水里洗澡，变成鹳，和我们一起飞回去，不过在那之前你要灌一瓶人用的水，用绳子挂在脖颈上，等回到家乡，用这个水洗澡，就会变成人的样子了，那样你就可以一直生活在家里了！”

“谢谢你！”西良激动极了。

其实，西良还是有些半信半疑的，老人就把西良带到泉水边。西良在鹳的泉水里洗个澡，果然变成了一只鹳。鹳飞来飞去，飞累了，就到另一个人用的泉水里洗了一个澡，又变成了人。这下，西良终于相信老人说的话了，他终于可以回家了！于是，西良大声嚷道：“现在，我们一起飞到我们的村庄去吧！”

“不可以的，西良，现在你们村子里是冬天。你知道，鹳可是最怕冷的鸟，所以我们春天才会飞往温暖的地方。你忍上几个月，春天马上就会到来的！”老人严肃地说。

整个冬天，西良都是在这座无名岛上度过的。但是，他不再是那个不听父母话、懒惰的西良了，他整天和岛上所有的人一起劳动，酒也不曾沾过一滴！除了干活儿，他就是在焦急地等待回到家乡的那一天。

这一天终于到来了。岛上的居民在鹳用的泉水里洗了个澡，都变成了鹳飞走了。西良也洗了个澡，也变成了鹳，他记得老人说的话，事先灌了一瓶人用的泉水，挂在自己的脖颈上，然后追赶着别的鹳，一起飞往戈尼阿列村。

他们飞了三天三夜，又累又饿，休息一下，补充一些能量后，马上又继续飞行了。终于，映入视野的每一寸土地都越来越熟悉，他们终于到家了！西良看到故乡，心里无比激动，甚至忘记了脖颈上挂的泉水。他不顾一切俯身冲下去，等到达地面的时候，瓶子撞在石头上，碎了，水都渗入了土里。西良没有水洗身体了，所以还是一只鹳。他伤心地哭了起来。怎么办呢？事情已经这样了。

西良飞到了邻家的屋顶，从上面可以看到自己家的院子。他看到母亲在挤牛奶，年轻漂亮的妻子妮达在挤羊奶，姐姐鲍茜尔卡在生火，准备做饭。

“妈妈，妈妈，看这只鹳想要欺负我的羊羔！”儿子万尔柯对妈妈说。

“孩子，那你就把它赶走！”妮达说。

万尔柯捡起一块儿石头，用力往鹳的头上扔去，鹳马上晕头转向起来。万尔柯抓住鹳的双脚，高兴地对妈妈说：“妈妈，看！我捉住一只鹳鸟！我要把他用绳子拴起来，和他一起玩儿。”

“宝贝，不要，他并没有做什么太坏的事情，放走他吧！”妮达拦住了孩子。

万尔柯听妈妈的话，把鹳鸟放走了。西良飞起来，落到屋顶上，他自己做了一个窝，住在离亲人很近的地方。

有一天，父亲鲍仁去耕田，西良扇动翅膀飞到了田头，跟着犁飞来飞去。儿子万尔柯看到后，指着鹳对爷爷叫嚷：“爷爷，爷爷，你身后的鹳是我们的！”

“好孩子，你让他飞走吧！”爷爷说。

爷爷耕了一会儿田，小孙子万尔柯又对爷爷叫道：“爷爷你看，那只鹳鸟老是跟着我们！”

“孩子，别管他，我们快赶牛，天马上就要黑了！”爷爷催促说。

可是，万尔柯总是盯着鹳看，也不管牛了，有时甚至踩在弄好的地上。

“孩子，你为什么只顾着看鹳鸟？我带你来是为了这个吗？”这下，爷爷真的生气了。

他挥了一下长长的皮鞭子，想赶走鹳鸟，但是一不小心，抽在鹳的腿上。鹳的腿断了！他只能用一只脚站在地上，另一只脚蜷缩着，他痛得哭了。

晚上，全家人收工回家，围坐在火炉旁边吃饭，西良则坐在屋顶上的窝里面，听家人的谈话。这时候，小万尔柯对妈妈说：“妈妈，今天一只鹳飞到田里，爷爷用鞭子把他的腿抽断了。”

“我是无意伤到他的，倒是你，一整天都盯着那只鹳鸟，忘记赶牛，我才一气之下打了他。”爷爷赶忙说。

“是我盯着鹳的，那你下次打我吧！”西良的儿子哭着说。西良在窝里听见了，心里暖暖的。

一天，姐姐鲍茜尔卡坐在院子里，用钱币串项链，一会儿，她口渴了，就去屋里喝水，把项链留在了蒲席上。这时，西良飞了下来，用嘴叼住项链，飞回到窝里。

又有一次，西良的妻子在院子里摊蒲席，坐在上面用黑线缝自己的寡妇衣裳。她一边缝，一边哭诉着："我可怜的西良啊，要是你死在家里，或者我知道你棺材葬在哪里就好了。你去朝圣，淹死在海里了，真是可怜啊……"西良一边听，也一边流泪。过了一会儿，妮达起身离开了，西良飞到蒲席上，叼走了一团线，藏到了自己的窝里。

一个月以后，姐姐鲍茜尔卡要出嫁了。媒人和未婚夫来到家里，奏起了风笛，这时，客人开始跳舞了。他们尽情地跳啊，唱啊，西良站在屋顶，特别羡慕。几首歌曲后，媒人和乡亲们进屋吃饭去了，而妮达却拉着儿子万尔柯的手，去谷仓里痛哭起来。妮达多么想念失踪的丈夫啊！西良在屋顶听着，心里别提多难受了。

时间一天天过去，转眼就到了秋天，鹳鸟们该飞到温暖的小岛上去了。他们在河边集合，吃了一些河里的青蛙，喝了些甘甜清凉的河水，就起飞了。他们飞了三天三夜，又飞了三天三夜，终于飞回到了那个遥远的小岛上。

在岛上，西良又度过了五个月的时光。他还是跟其他人一起干活儿，在空闲的时间思念家人。

一转眼，天气暖了，春天又到了。鹳鸟们又该回到戈尼阿列村了。西良在鹳的泉水里洗了澡，又灌了人用的泉水，和其他鹳鸟一起飞回戈尼阿列村。这次，西良把泉水拴得牢牢的，护得紧紧的，生怕一不小心再打碎了它。

到了戈尼阿列村，西良降落在父亲的院子里，用带回的泉水洗了身子，摇身一变，变回了人形。家里的狗狗看见西良来到院子里，大声狂叫起来。西良对狗说："你叫什么？难道你不认识你的主人了吗？"

亲人们听到西良的声音，都走出来。在大家相视的那一刻，所有人都愣住了。许久后，等反应过来，才去拥抱西良，他们高兴极了！

西良抱着儿子万尔柯，已经忘记了万尔柯曾经用石块儿砸痛过他的头。父亲鲍仁买了酒，要好好款待儿子。但是西良没有喝酒，他说："以前，我不听父母的话，吃了不

少苦头，我发誓再也不喝酒了，以后在家里好好干活儿，好好过日子。爸爸，你说得对，不劳动的人是不应该得到食物的。”

父亲听到这些话，心中美滋滋的。他还杀了一只最肥的羊，叫邻居都来吃饭。

所有的人都一边吃一边围着西良，问他这么长时间都去哪儿了，都见到了些什么。西良把自己所有的经历都跟大家说了，可是没有人相信他说的话，认为那是神话里才有的故事。后来，西良爬上屋顶，从自己的鸟窝里拿出姐姐的项链和妻子的一团线给大家看，然后又说了父亲是如何用鞭子打他，把他的腿打断的事情。这时，大家才相信西良说的话，并且都说，以后再也不欺负鹳鸟了。

从此，西良果真像他说的那样，不喝酒，辛勤劳动，成为一个好儿子、好丈夫、好父亲。他们从此过上了从未有过的幸福生活。

幺娃和他的兄弟们

古时候有一位妇女，长得美如天仙。她生了十个儿子，有九个儿子长得非常奇特。

大儿子长了十个脑袋；二儿子长了九个脑袋；三儿子长了八个脑袋；四儿子长了七个脑袋；五儿子长了六个脑袋；六儿子长了五个脑袋；七儿子长了四个脑袋；八儿子长了三个脑袋；九儿子长了两个脑袋；只有最小的十儿子跟正常人一样，相貌英俊，聪明伶俐，人见人爱，人们都叫他“幺娃”。

幺娃的父母因为九个奇特的儿子，整日愁眉苦脸。

九个哥哥心地善良，非常听话，整天待在家里，只有幺娃一个人出去玩。

一天，哥哥们实在耐不住寂寞，偷偷跑到外面。一个路人看见正在玩游戏的他们，吓得转身就跑，结果被石头绊倒了。幺娃的九哥赶紧跑过去扶路人，没想到路人吓得魂飞魄散，顿时昏了过去。

从那以后，九个哥哥再也不敢出门了，整天待在家里。

过了几年，幺娃和九个哥哥都已长大成人。

一天，父母把儿子们叫到面前，交给幺娃一根棍子。

"孩子，你们都已长大成人。我们老了，实在干不了活儿了，你们以后要靠自己养家了。幺娃，你的哥哥们出不了门，只得你担起养家的重担了。你带上这根棍子，出门做点儿买卖或学点儿本领，挣钱养家吧。"父亲说道。

幺娃收拾好行装，准备出发了。

"孩子，出门在外待人要诚实厚道，广交朋友。但不要轻信不相识的人，以免上当受骗。在外不要贪玩，要时常想着你的九个哥哥。拿好这根棍子，它是你的本钱，千万别丢了。有了这根棍子，你无论做什么事情都会成功。”幺娃临行前，父母再次嘱咐他。

听完父母的话，幺娃流下了眼泪，然后告别了父母，走出了家门。

幺娃第一次离家，不知该去哪里，非常害怕。

他拖着沉重的脚步来到一片森林，草长得很高，偶尔还能听见猫头鹰的叫声。

幺娃饿了就拿出母亲给带的馒头吃几口，渴了就拔几根地上的青草，嚼嚼草根，累了就双手扶住棍子休息一会儿。

幺娃知道森林里随时会有野兽出现，所以不敢停留太长时间。

路上，一位猎人向幺娃借棍子打天空中飞着的鸟儿。

幺娃拒绝了。

“我用棍子把鸟儿打下来，然后送给你。”猎人解释道。

幺娃勉强同意了，把棍子递给了他。猎人接过棍子，向天空扔去，击中一只飞鸟。幺娃捡起鸟儿，向猎人道了谢，又继续往前走。

幺娃来到一座城市，一个卖饼的老头儿向他要鸟儿做汤。

“我不能给你，这是猎人用我的棍子打下来送给我的。”幺娃说道。

卖饼的老头儿承诺送给幺娃一些饼，饥肠辘辘的他只好答应了。

就这样，幺娃用鸟儿换了满满一袋子饼。幺娃向卖饼的老头儿道谢后，继续往前走。

幺娃走出城市，又走进一片丛林。他汗流浃背，感觉背上的干粮越来越重。

不知走了多长时间，他又遇上了八九个正在播种的农民。

“好孩子，把你袋子里的饼送给我们吃吧？”又累又饿的农民对幺娃说道。

“把饼送给你们，我吃什么啊？”幺娃拒绝了。

“你把饼给我们，我们给你一袋种子。”播种的农民提议。

幺娃想了想，把种子种在地里会收获很多粮食，到时就会有吃不完的饼。于是，他同意了，用一部分饼换了一袋种子，向农民道谢后，继续往前走。

不久，他又遇上几个翻地的农民。

“好孩子，你能把这袋种子送给我们吗？”翻地的农民对幺娃说道。

幺娃拒绝了。

“我们送给你一把锄头，好吗？”翻地的农民央求幺娃。

“有了锄头，我就可以翻地种庄稼，收获粮食。”幺娃暗想，于是答应了翻地的农民。

幺娃接过锄头，向翻地的农民道了谢，继续往前走。

走着走着，幺娃又遇到几个挖水渠浇庄稼的农民，他们向他要锄头。

幺娃犹豫不决。

“如果你送给我们锄头，到了秋天，你再回来，我们送给你粮食。”挖水渠的农民又向他提出了建议。

幺娃同意了，把锄头送给了挖水渠的农民们，又继续往前走。

幺娃来到一座很大的城市，街上热闹非凡，有摆擂台比

武的，有耍把式卖艺的，有挑着担子叫卖的……

幺娃沿着热闹的街道向前走，穿过一座石拱桥，来到一座豪华的宫殿前。经过打听，他得知这是酋长的宫殿。

“请通报一下，我要见酋长大人。”幺娃在宫殿前整理了一下衣服，向卫兵说道。

在卫兵的带领下，幺娃来到酋长面前。酋长五十多岁，面容慈祥，见来客是一个很懂礼节的英俊小伙子，十分高兴。

酋长命人递给幺娃一张草席，又命仆人端来一桌子好吃的。幺娃坐在桌子前，什么东西也没吃，只是唉声叹气。

“孩子，你是从什么地方来的啊？”酋长问幺娃。

幺娃讲起了他的经历。

“我从家里来，母亲生了我们十兄弟，可九个哥哥每人都有几个脑袋。凡是见过他们的人，都说他们是怪物，吓得哥哥们不敢出门，整天待在家里。

“父母都老了，无力养活我们。就让我带上这根棍子，出门学点儿本领，挣钱回去养活父母和九个哥哥。

“一路上我吃尽了苦头，受尽了磨难，风餐露宿，历经千辛万苦，才来到您这里。

“我带着父母给我的棍子，在丛林中行走时，遇见了一个猎人。他用我的棍子打下了一只美丽的小鸟儿，并送给了我。

“后来，我把小鸟儿送给了卖饼的老头儿，他给我一袋饼。继续前行，我又用饼同播种的农民换回了一袋种子。我把种子送给翻地的农民，他们送给我一把锄头。

“最终，我把锄头送给了一群挖水渠的人，他们答应我，到秋天给我粮食。

“我两手空空来到这座城市，筋疲力尽。一位好心肠的老奶奶送给我两个馒头，吃后才感觉有点儿力气。

“人们告诉我，这个城市没有旅馆，让我来向酋长您求助。”幺娃讲述了他一路的经历。

酋长发现幺娃不仅相貌英俊，还吃苦耐劳，就更加喜爱他了。

酋长吩咐仆人赶紧给幺娃收拾房间，让他以后住在宫殿里。

从此以后，幺娃吃得好，穿得好，生活过得无忧无虑。但他对这种生活很不习惯，感觉自己快成为废人了。

他想起远方的父母和九个哥哥，还在家挨饿受冻，就鼓起勇气求见酋长。

幺娃把想学本领赚钱，回家孝敬父母的想法告诉了酋长。

听了幺娃的话，酋长倍加赞赏。

“我果然没有看错你，我会帮你实现愿望的。从此以后，你就专心致志地读书，刻苦学习吧。”酋长说道。

幺娃高兴极了，暗下决心，一定好好学习，成为一个有用的人。

酋长给幺娃安排了学习的地方，并请来全城声望最高的教书先生，还找来各类书籍。

幺娃学习非常刻苦，每天天不亮就起来学习，深夜才睡觉，吃饭时都手不释卷。不到半年时间，聪明的幺娃就掌握了行政、军事、政治、经济、文学等多方面的知识。

幺娃还是个非常勤快的人，经常帮仆人们干活儿，人们经常在酋长面前夸他。

一天，酋长把幺娃邀来谈心。

“以后你不仅要学知识，还要学武功，我要把我的武艺全部教给你，你要好好学噢！”酋长微笑着对幺娃说道。

从那以后，幺娃学习更刻苦了。不久，他就成了文武双全之人。

每当处理事务时，酋长还特意让幺娃坐在旁边当参谋。

而当酋长遇到棘手的事情时，幺娃总是能够及时提出解决的办法，发表独特的见解，这使所有在场的人都非常佩服。

酋长越来越喜欢幺娃。

时间过得真快，转眼秋天到了。

“我要去挖水渠的农民那里，他们答应我，秋天会送给我很多粮食。”幺娃对酋长说道。

酋长同意了，并为幺娃准备了一辆马车。

第二天天刚亮，幺娃就赶着马车出发了。很快，他就到了挖水渠的农民那里。

“这些粮食都是给你的。”挖水渠的农民指着一大堆粮食对幺娃说道。

幺娃把粮食运回宫殿，全部送给了酋长。

酋长只有一个独生女儿玛丽莎，他常常为没有继位者而苦恼。

看见幺娃相貌英俊，心地善良，而且智慧过人，酋长决心收他为义子，将来接替自己的位置，管理好这座城市。

当酋长向全城百姓公布这件事后，大家都说酋长太英明了。

过了不久，幺娃和玛丽莎相爱了。

酋长特别高兴，在圣诞节那天为他们举行了婚礼。宫殿里张灯结彩，全城百姓都来了。

“我们俩已经结婚了，可我连公公婆婆长什么样都不知道，我想去看望公公婆婆和你的九个哥哥。你带我去，好吗？”蜜月过后，玛丽莎不停地念叨着。

刚开始，幺娃总是不吭声，后来在妻子的一再催促下，幺娃只好道出实情。

“你还是不要去了，我的九个哥哥长相奇特，十分吓人。你见了他们，一定会害怕的。”幺娃说。

玛丽莎不听劝阻，执意要去，并大哭起来。

幺娃实在没有办法，来到酋长面前。

“岳父大人，您听见了吗？玛丽莎天天吵着要去看望我的父母和九个哥哥。可是到我家路途遥远，丛林密布，随时都会有野兽出没，所以我劝她别去。但她不听劝阻，哭得很厉害。您看我该怎么办？”幺娃诉说着一切。

“她应该去！这才是我的好女儿。若不是我老了，我真想和你们一起去看望亲家。你和玛丽莎去吧。”幺娃没想到，酋长竟同意他们前去看望父母。

酋长命人准备了两匹马，驮上很多的金币和礼物。幺娃和妻子骑上马，告别了酋长和全城的百姓，向家乡走去。

路上，幺娃向妻子一一介绍来时的沿途经过。

很快，他们就来到了农民挖水渠的地方，幺娃向妻子讲述了用锄头换取粮食的事情。到了农民播种的地方，他又讲述了用一袋种子换锄头的事。

一天，夫妻俩遇见一个有两个脑袋的人在捡柴火。幺娃一看，原来是自己的九哥。他急忙跳下马，喊住九哥，兄弟俩抱头痛哭。

九哥告诉幺娃，自从他走后，父母体弱多病，日渐衰老，过着饥寒交迫的生活，只好让他出来捡柴火。

幺娃也把离家后的经历从头到尾讲了一遍。

“你的妻子呢?”听说弟弟结了婚，九哥便问道。

“在后面的那匹马背上。”幺娃回头一看，只见妻子趴在马背上，连头也不敢抬起来，浑身直打哆嗦。

幺娃知道，九哥的模样把妻子吓坏了。他赶紧骑上马，告别九哥，向家赶去。

路上，夫妻二人又遇见了一个有三个脑袋的人正在挖野菜。幺娃认出了自己的八哥，急忙跳下马，喊住八哥。

八哥诉说了家里的窘境，又听幺娃讲述了离家后的经历。

“你的妻子呢?”听说弟弟已经结婚，八哥便问道。

“在后面的那匹马上。”幺娃回头一看，见妻子被八哥的模样吓得趴在马背上，全身直哆嗦，不敢抬头。

他赶紧骑上马，告别八哥，向家赶去。

接着，夫妻俩在往家赶的路上，遇上了其他的哥哥们。他们都被生活所迫，出门谋生来了。

每当兄弟相见，幺娃都要哭一场，都要从头到尾详细讲一遍离家后的经历。而当妻子见到这些哥哥时，一次比一次害怕得厉害。

夫妻俩来到家门外，幺娃让妻子先在外面等一等。他推开了院子门，看见一位老太太正在院子里干活儿，就急切地喊了一声“母亲”。

老太太抬起头，看看进来的人，满脸陌生的样子。

“我是您的儿子幺娃呀，我回来看您了。”幺娃喊道。

一听是幺娃，老太太哭了起来，用衣角擦着眼泪。

幺娃把离家后遇到的事儿讲了一遍，并向母亲介绍了自己的妻子。

“在路上，我们已分别见到了九个哥哥，他们说一会儿就回来。”最后，幺娃说道。

见儿子娶了一个比天仙还美丽的妻子，母亲高兴极了。

“幺娃他爹，幺娃和他的妻子回来看我们了！”母亲牵着儿媳的手往房子里走，边走边喊。

父亲急忙从屋里走出来，见到自己的儿子和儿媳，别提有多高兴了。

父子俩互相诉说分别后各自的情况，站在一旁的母亲想到九个长相奇特的儿子们要回来了，就催促幺娃夫妇赶快回到酋长那里去。

幺娃夫妇想在家多住些日子，在父母身边尽些孝。但在父母的一再催促下，幺娃只好答应离去。

幺娃把酋长送给的贵重物品和金币交给了父母。

父母装了一些家乡的土特产品驮在马背上，吩咐他们带回去交给酋长，还嘱咐幺娃要好好对待岳父。

幺娃刚离开家，九个哥哥便先后回来了。他们到处寻找幺娃，却不见他。

“幺娃为什么不等我们回来就走啊?”九个儿子缠着母亲问道。

母亲站在一旁，擦着眼泪，一句话也不说。

“还不是你们的模样。”父亲站起来无奈地说道。

九个兄弟知道是自己的怪模样让幺娃他们离开了，便不吭声了。

父母用幺娃带回来的钱修建了一所豪华的房屋，雇用了很多仆人，过上了美满幸福的生活。

哥哥们也成家立业了，他们的子女都是只有一个脑袋的正常人。

幺娃和妻子回到酋长那里，转交了父母送的礼物。一年后，幺娃的妻子生了一个男孩。

又过了两年，酋长因病去世，幺娃成了酋长。

吝啬的富商

从前，有一个商人，名叫阿布尔卡什米。他家中财产无数，奴仆成群，十分富有。

商人仗着自己有钱，非常高傲，谁都不放在眼里。尽管商人很有钱，但却十分吝啬，外人要想找他借钱，简直比登天还难。

商人舍不得吃舍不得穿，脚上的皮鞋不知穿了多少年。鞋面上各种颜色的补丁一层又一层，早已看不出原来的颜色；鞋底换了一次又一次，铁钉都快要钉满了，穿在脚上沉甸甸的。恐怕世界上再也找不出第二双这样的鞋子了。

一天，商人去市场卖陶器和烟叶，由于这两样都是大路货，市场很多摊上都有，因此叫卖了大半天也没有一个买主。正在他叫累了坐在地上休息时，一个小贩凑到跟前。

“阿布尔卡什米先生，那边有一个从土耳其来的商人，专门卖高级香水。如果您肯花钱，把他的香水全部买来，在家里存放一段时间再拿出来卖，至少能赚两三倍的钱！”小贩神秘兮兮地说。

商人一听可以赚大钱，连忙答应。

小贩带着商人来到土耳其商人的货摊前。

经过和土耳其商人讨价还价，商人用六十根金条买下了全部香水，高高兴兴地往家走。可是还没走多远，就听见有人喊他的名字。

“阿布尔卡什米先生，请等一等！”他回头一看，原来是在市场上经常能见到的一个小贩。

“什么事儿啊，今天怎么这么多人和我打招呼？”商人觉得奇怪。

“那边有一个从波斯来的商人，专门卖檀香油，价钱很便宜。您要是买下来，存放一段时间再卖，肯定能赚一笔大钱。”小贩对他说。

商人跟着小贩来到波斯商人的货摊前，左看看右瞅瞅，觉得这些檀香油确实是好货。经过讨价还价，他又花了六十根金条买下全部檀香油，然后带着香水和檀香油兴高采烈地回到家，分别装进两个大玻璃瓶里，放在经常开着门的那间屋子里。

想到将要赚一大笔钱，商人兴奋得简直要跳起舞来。他笑眯眯地来到城里的一家浴池，准备痛痛快快地洗个澡。

过去他来洗澡，浴池的伙计总要拿他开玩笑。

“阿布尔卡什米先生，看您的鞋子都破成什么样子了，穿在脚上不沉吗？该换一双新的了，留那么多钱有什么用啊？”伙计说。

“还可以穿嘛，扔了多可惜啊！”商人总是满不在乎地笑着说。

这次商人洗完澡后，走在大街上，觉得两只脚轻快了许多，低头一看，旧鞋变成了一双新鞋。他有种说不出来的高兴，觉得人要是走运，挡都挡不住。你看，自己不仅就要赚一大笔钱，还白白得到了一双新鞋。想到这些，商人兴冲冲地往回走。

原来，商人脚上穿的这双新鞋，是卫队长穆赫迪的。穆赫迪洗完澡后，发现自己的鞋子没了，四处寻找，也没找到。

洗澡的人走光了，只剩下一双破旧不堪的鞋放在那里。

“这是谁的鞋？”穆赫迪问浴池的伙计。

伙计一看，原来是商人阿布尔卡什米的鞋。

“我看见商人阿布尔卡什米洗完澡穿着一双新鞋走了，会不会把您的鞋穿走了？”伙计回想着事情经过，就急忙向穆赫迪报告说。

穆赫迪派了几个卫兵去商人家查证，结果发现他脚上穿的正是卫队长的鞋。

还没等商人弄明白是怎么回事儿，卫兵们就一拥而上，拳打脚踢，最后将他用绳子捆了起来，带到正等在浴池的穆赫迪面前。

“这是你的鞋吗?”穆赫迪指着地上一双破旧的鞋问道。

商人知道自己穿错了鞋，急忙想对穆赫迪解释。

“原来你是个盗贼，看来你的财产一定也是不义之财。来人，先打他二十军棍，然后把他的财产没收一半。”穆赫迪根本不听商人解释，大声命令道。

卫兵们二话不说，把商人按倒在地，两个卫兵拿起军棍一阵乱打。

商人叫喊着向卫队长求饶，吓得浴池的伙计捂着脸，浑身哆嗦。

商人拖着被打得青一块紫一块的身体往家走。一路上，他又气又火，觉得都是这双破鞋连累了自己，害得皮肉受苦不说，财产也被抢走了一半。于是，商人来到河边，脱下脚上的鞋，扔进了河里。

扔掉鞋子，他不仅一点儿没心疼，反而觉得很轻松，头也不回地往家里走去。

由于商人的鞋子钉了很多钉子，所以很沉，被扔进河里后，打了个旋涡，很快就沉了下去。

一个渔夫在河里捕鱼，收网时觉得很沉，高兴极了，庆幸自己今天运气好，捕到了大鱼。而当他兴高采烈地回到岸上，却发现渔网里不仅没有鱼，连一只虾也没有，只有一双又破又旧、沉甸甸的鞋子。渔夫气得一屁股坐到地上。

后来，渔夫仔细一看，原来是商人阿布尔卡什米的鞋，心想，这个吝啬的家伙是绝不会把鞋子扔到河里的，肯定是什么人对他怀恨在心，故意把他的鞋子扔进了河里。

渔夫是个热心肠，心想不管怎么样，还是把鞋子给商人送回去吧。于是，渔夫拿着鞋来到商人家，可是连叫了几声都没人应答，见窗户开着，便将鞋扔了进去。

说来也巧，一只鞋正好扔到装香水的玻璃瓶上，另一只鞋正好扔到装檀香油的玻璃瓶上。由于鞋底上的钉子很多，鞋的重量很沉，玻璃瓶都被打得粉碎，香水和檀香油洒了一地。

商人回到家，见香水和檀香油洒了一地，气得差点儿晕倒在地。

被没收了一半财产，商人本想通过卖香水和檀香油赚一笔钱，重振家业。但看到地上自己的两只破鞋，再看看满地流淌的香水和檀香油，他傻眼了。

他曾将这双破鞋视为宝贝，即使许多人劝他换一双新的，他也舍不得扔。可现在倒好，扔出去的鞋子，竟自己跑了回来，你说这事儿奇怪不奇怪。现在，眼看着自己的希望成了泡影，商人气得暴跳如雷。

“该死的鞋子，你害得我好苦啊！”商人声嘶力竭地喊道。

商人想了想，决定把鞋埋进地里，彻底铲除这个祸根。

“可是埋到哪里去呢？埋得远一点儿吧，害怕鞋子再一次跑回来，说不定又会惹出什么灾祸，那就埋得近一些，埋到一个每天都能看见的地方，鞋子躺在那儿，也可以放心了。”商人想。

到了晚上，商人拿起铁锹，拎着鞋子，来到自家与邻居家中间的空地上，小心翼翼地挖了起来。由于夜深人静，挖土的声音格外刺耳，还是惊动了邻居。

邻居仔细倾听，发现声音是从他家墙外传来的，以为是盗贼在挖地道进他家偷东西，连忙起身查看。

邻居悄悄地走出屋，发现是商人在挖地，便猛地扑上去，用绳子将他绑了起来。

“阿布尔卡什米，我们两家相邻这么多年，我有哪一点儿对不起你？你不过是被没收了一点儿财产，就受不了，想挖地道来偷我的财产，这不是缺德吗？”邻居气愤地说。

“不是这样的，是我的鞋子惹了祸，我想把它埋进地里，又害怕被你们看见嘲笑我，所以我就……”商人急忙解释道。

“别再编故事了，你是个大骗子！”邻居更加气愤了。

“我冤枉啊！”商人大声喊道。

对商人的解释，邻居毫不理睬，将他送到法官那里。法官不由分说，判他将自己的财产拿出一半赔偿给邻居，并关了他七天的监禁。

七天后，商人出狱回家。此时，他的财产已经所剩无几，奴仆们也一个个先后走掉，院子里破烂不堪。摸摸身上的伤口，还隐隐作痛，商人心里别提有多难受了。

“唉！”商人苦闷极了，不由得长叹一声。

他无精打采地脱掉鞋子，用手拎着，赤脚来到屋旁的水渠边上，无意识地将鞋扔进水渠里。

渠水川流不息，一直流向酋长的宫殿，全城很多人家都在这条水渠里取水吃。

过了两天，扔进渠里的鞋开始发胀，继而腐烂，臭气熏天，离水渠很远的地方都能闻到。吃的水变臭了，这个坏消息很快就传遍了全城，人们聚集到水渠旁查看究竟。

渔夫们顺着水渠一路打捞，最后打捞上来一双鞋。大家一看，原来是商人的鞋子。他的鞋全城没有不认识的，可谓是一双“名鞋”了。

于是，这双鞋子引起的事故，又一次发生了。

人们把从水渠里打捞上来的鞋子送到酋长面前。

“阿布尔卡什米把臭鞋扔进了水渠，使我们吃的水变臭了。这个人一贯自私自利，从来不为别人着想。酋长大人，您看这件事儿该怎么办?”人们在酋长面前添油加醋地说。

酋长一听，立刻火了。

“来呀，把阿布尔卡什米这个家伙给我抓来！”酋长命令道。

商人马上被押来了。酋长先是把他大骂了一顿，然后罚他将一半财产拿出来作为赔偿，还把他关进了监狱。

几天后，商人从监狱出来，看到家里的财产几乎都没了，屋子里空空荡荡，连个人影都没有，不由得痛哭起来。

哭后，他端详起这双鞋子来。

“难道它成精了，一双破鞋子竟能让全城的水变臭？唉，扔都扔不出去的鞋子啊，你可害苦我了，怎么办好呢？”商人嘀咕着。

商人在屋子里走来走去，想着办法。

“有了，既然它出去就惹祸，那就不让它出去。”商人计上心来。

商人最后决定把鞋子挂在墙上，天天看着它。

商人往墙上钉了一个大钉子，准备把鞋挂上去，又发现鞋子湿漉漉的，便走出门外，顺手将它扔到房盖上晾晒。

一只狗发现了鞋子，觉得新奇，就窜上去，用嘴叼起来，在房顶上玩耍。玩着玩着，鞋突然从狗的嘴里掉下来，又从房顶上滚下去。

这时，有一个人从房前经过，鞋子正好砸在他的头上，当即被砸晕了过去。

有人立刻向法官报告。当被告知是商人的鞋把人砸晕后，法官立刻发火了。

“好啊，又是你，我非要严厉惩罚你不可！”法官对商人说，然后判处没收他的全部房产并监禁一个月，还下令烧掉那双破鞋子。

鞋子被烧掉后，商人终于睡了一个好觉。

一个月的监禁期满，商人从监狱里走出来。如今，财产没有了，房屋没有了，鞋子也没有了，一切都没有了，他只好光着脚，到处流浪，以乞讨为生。

青　　鸟

在一个古老的大森林边缘，有一所小木屋，里面住着伐木人一家。伐木人有两个活泼可爱的孩子，男孩儿叫棣棣，十岁了，女孩儿叫咪棣，才六岁。

伐木人一家很穷，他们的小屋是村里最破旧的，而对面却有一幢豪华的别墅。圣诞节前夜，爸爸棣尔没钱给孩子们准备礼物，妈妈只能告诉孩子们，她没来得及去城里通知圣诞老人，不过明年他一定会带礼物来的。棣棣和咪棣很懂事，乖乖地上床睡觉了。

这时，一道光从窗缝里照射进来，棣棣和咪棣睁开眼睛，翻身坐在床上。

“那是什么光呢?”咪棣打着哈欠问哥哥。

“是宴会的光，对面有钱人家在举行宴会。我想肯定有圣诞树，还有许多礼物。咪棣，我们把窗户打开，看看对面的房子吧。”棣棣说。

他们跑到窗边。

“咪棣你看，来了一辆马车，前面有六匹大马。”棣棣高声喊道。

“那些孩子穿的衣服真漂亮。”咪棣非常羡慕。

“那边有一棵圣诞树，上面挂满了玩具，刀啦，枪啦，士兵啦，还有大炮!”棣棣兴奋地说。

“也一定会有洋娃娃，女孩子都喜欢它。我好想吃桌子上的蛋糕、水果，还有馅饼。”咪棣说。

富人家的孩子们随着音乐翩翩起舞，棣棣和咪棣似乎也感受到了欢乐的气氛，又是唱又是跳，陶醉在别人的幸福之中。

突然，门外传来敲门声。会是谁呢，这么晚还来敲门？今天是圣诞前夜，所有人都会在家里庆贺节日，难道是魔鬼？兄妹俩害怕起来。

“别怕，有我呢，我会保护你的！”见咪棣怕得浑身发抖，棣棣拍拍她说。

令人不敢相信的是，门闩自己抬起来，门打开了，一个瘦小的老太婆走进来，她的模样有点像隔壁的柏林考脱太太，皮肤皱巴巴的，鼻子又尖又长，驼着背，瘸着腿，拄着一根拐杖。难道这个老太婆会施妖法吗？作为哥哥，棣棣勇敢地挡在咪棣前面，保护着妹妹，盯着老太婆的一举一动。

老太婆一瘸一拐地走到兄妹俩面前。

“你们这里有青鸟吗？”老太婆的声音很凶。

“青鸟是什么？棣棣有一只鸟。”咪棣哆哆嗦嗦地说。

“它是我的鸟，我不会把它送给别人的。”棣棣说。

这的确是个正当的理由，谁愿意把属于自己的东西送给别人呢，何况又是个陌生人。让棣棣奇怪的是，为什么老太婆要问他鸟的事情？青鸟又是一种什么样的鸟呢？

老太婆戴上眼镜走上前来，仔细打量笼中的鸟。

“你们听我说，这不是我要的青鸟，青鸟浑身都是青色的。我女儿生病了，只有青鸟才能让她恢复健康，你们帮我找找吧。”老太婆说道。

“可我们不知道青鸟在哪儿。”棣棣说。

“我也不知道，所以才让你们去找。你们知道我是谁吗？我是仙女蓓丽吕。我长得怎么样，漂亮还是丑陋，年老还是年轻？”老太婆说着举起一只皱皱巴巴的手，指着自己尖尖的长鼻子，用一种神秘的口气对孩子们说。

棣棣和咪棣感到很吃惊，眼前的丑老太婆竟然是个仙女！他们转过脸，不敢说真话。

“仙女，我们现在就去找青鸟。”他们是善良的孩子，不想让别人难过。

他们穿好衣服，准备跟仙女一起出发。

出发前，仙女从魔法袋里取出一顶帽子递给棣棣，帽子上镶嵌着一颗闪亮的宝石。

“你只要按一下宝石，就能看到事物的灵魂，是不是很神奇呀！让这顶帽子带你们去寻找青鸟，它会给你们帮助的。”仙女说。

棣棣戴上帽子，按动宝石，眼前的一切都变了，丑陋的老太太变得年轻美貌，确实是他们听说过的仙女的模样。家里的一切也都有了生命，狗、猫、面包、牛奶、糖果、火、水等。棣棣和咪棣兴致勃勃地看着家里的一切，和他们一起翩翩起舞。

“汪、汪，早安，小主人！我会说话了，我爱你。以前不论我怎么摇尾巴，怎么叫你，你都不明白我的意思，现在我终于能开口说话了。”变成了人的小狗蒂鲁兴奋地跟兄妹俩打招呼。他性格淳朴厚道，值得信赖。

一道温暖的光束照亮了小屋。

“阳光来了，可是现在是晚上十一点钟啊！” 孩子们惊奇地叫着。

“光神来了。”仙女说。

光神微笑着走向两个孩子。她是大地的力量，美的化身。她遵从仙女的嘱托，霎时间把自己变成了人的模样，准备带着孩子们去认识另一种光——智慧之光。光神非常慈祥地搂着孩子们。孩子们接受并信赖她，她也很愿意和孩子们在一起。

仙女带孩子们来到自己的住处。这里离星星、月亮很

近，到处闪闪发光。仙女带着棣棣和咪棣去换漂亮的衣服，准备让他们去见爷爷、奶奶。

“可是爷爷、奶奶已经去世很久了，我们怎么才能见到他们呢?”棣棣问道。

“常人不知道，死去的亲人其实并没有真正死去，而是永远活在亲人的记忆里。说不定青鸟就生活在回忆国里。”仙女对棣棣说。

“我们的前途很不妙。我听仙女说，旅途一旦结束，我们的生命也将结束。比如你，面包，会被人吃掉！所以，我们要千方百计地延长旅行时间，必要时甚至可以牺牲孩子们的生命！”趁孩子们换衣服时，猫心怀鬼胎地对大家说。

“猫说得太对了!”面包应和道。

“要阻止人类找到青鸟。”他们异口同声。

“人类是我们的主人，我们必须听从他们的吩咐。可恶的猫，我决不允许你伤害他们!”忠诚的狗咆哮着。

“你们别躲在那里了，鬼鬼祟祟的，像一群阴谋家。我决定让光神来带领你们，你们要听从她的指挥，帮助两个孩子，不许捣乱。”这时，仙女带着换好衣服的孩子们走过来说道。

大家还以为仙女看穿了他们的企图，吓得不知所措。

“一直往前走，别拐弯。八点三刻一定得回来。”在前往回忆国之前，仙女反复叮嘱兄妹俩。

他们穿过一片高耸入云的树木。棣棣和咪棣手拉手往前走，看见一棵高大的橡树上挂着一块木牌，认出上面“回忆国”三个字。

“这儿真冷，我累极了，我想回家，不想往前走了。”周围浓雾一片，咪棣小声哭泣。

“别说这种泄气话，仙女还等着我们找到青鸟呢。你看，雾散了。”棣棣安慰咪棣说。

他们眼前出现了一座开满鲜花的院落，院子中间的小屋上爬满了常青藤，周围的树上结满了果子。兄妹俩一下子就认出了门口的狗、果园里可爱的棕色奶牛，还有柳条笼子里的画眉鸟。这一切都沐浴在和煦的阳光之下，温馨恬静。

“找到了！找到他们了！那不是爷爷和奶奶嘛!”棣棣大喊道。

眼前的一切太神奇了，他们甚至有些害怕，远远地望着爷爷和奶奶，棣棣和咪棣奔入他们的怀抱。

“你们的爸爸、妈妈好吗?”奶奶关心地问。

“挺好的，奶奶。我们出来的时候他们正在睡觉。”棣棣回答说。

“你们为什么不来看我们呢？我们每天都盼望着那个世界的人来看望我们，你们上次来，还是在万圣节，教堂里响起了钟声。”爷爷说。

“万圣节？可是那天我们没出去呀，一直待在家里。”咪棣惊讶地说。

“一定是你们念叨我们啦！每当你们想起我们时，我们就会醒来，就会看见你们。”爷爷说。

棣棣东摸摸，西碰碰，所有的东西都那么熟悉，而且还是原来的老样子。

“这里有青鸟吗?”棣棣并没忘记此行的目的，问爷爷。

爷爷指了指那个用柳条编成的鸟笼子。

“那不是老画眉吗？它还唱歌吗?”咪棣叫道。

话音刚落，老画眉就苏醒了，放开嗓子唱了一曲。这一切都让棣棣和咪棣惊讶不已。

“它是青色的！这只鸟是青色的！嘿！就是这只青鸟！送给我好吗?”棣棣喊了起来。

爷爷和奶奶欣然同意。棣棣喜出望外地看着笼子里的鸟，心里美滋滋的。

时间过得真快。

“天哪，已经八点半了，我们没有时间了。走吧，咪棣，我们得走了！再见，爷爷、奶奶。”棣棣猛地站起来说。

他们像来时一样，小心翼翼地向前走。一丝光亮划破了林中的黑暗。棣棣手里紧紧抓着鸟笼，走到光亮处，借着这一丝光亮一看，糟了！回忆国的那只青鸟变成了黑色！棣棣出门时的自信和希望全都破灭了。

此时，美丽端庄的光神正站在门口迎接他们，棣棣和咪棣垂着脑袋将事情经过讲述了一遍。

“别难过，见到了爷爷、奶奶，难道不高兴吗？你们让那只老画眉获得了新生，难道不因此而感到自豪吗？”光神安慰孩子们。

在光神的悉心照料下，孩子们进入了梦乡。

天亮了，大家得知夜之宫可能有青鸟，便决定前往。狗、猫、面包和糖果也加入了这次冒险。

小狗蒂鲁走在最前面，这里嗅嗅，那里闻闻，似乎对什么都不太放心。面包跟在狗的后面，提着鸟笼一本正经地跑着。再往后是棣棣和咪棣，糖果走在最后。那么，狡猾的猫哪儿去了？

在猫的世界里，最基本的生存训练就是猜忌。她不相信别人，决定一个人来谋划此事。猫是夜之宫的常客，对路径非常熟悉。她三窜两跳，很快来到夜神的大厅。这里的景象十分奇特，四周见不到一丁点儿亮光。但猫的眼睛能透视黑暗，她满怀深情地看着夜神。夜神正恬静安详地倚在宝座上睡觉，一副拒人于千里之外的神情，巨大的翅膀收拢在两侧，看上去十分威严。

“夜神妈妈，我来了。”猫轻轻地呼唤着。

夜神被惊醒了，用颤抖的声音问猫出了什么事。当得知孩子们的行动时，她一时心慌意乱，不知该怎么办好。

“我看只有一个办法，夜神妈妈。青鸟和夜之宫的鸟都关在最后一个门里，因此我们应该吓唬住这些小孩儿，让他们不敢打开那扇大门。您一定要配合我。”通过夜神的神情，猫知道她已经同意了。

“他们来了！”猫叫起来。

孩子们正小心翼翼地迈过阴森可怕的台阶。这里的一切虽雄伟高大，但全部笼罩在黑暗的氛围中，令人不寒而栗。咪楝十分害怕黑暗，希望能早点儿找到青鸟，回到光神那里去。

“小主人！我已经向夜神通报了，她很高兴接见你们。”猫谄媚地迎接孩子们。

棣棣勇敢坚定地带领大家走向夜神的宝座。

夜神看到棣棣帽子上的宝石，非常害怕，因为宝石的光芒能驱散黑暗，摧毁她的法力。

“您好，夜神，我们是来寻找青鸟的，我想用您的钥匙打开大门看一看。”棣棣很有礼貌地问候夜神。

“我怎么会随便把钥匙交给你呢？这里没有青鸟！我从来没见过什么青鸟。”夜神大喊起来，扇动着一对巨大的翅膀，试图吓唬孩子们。

“青鸟也许在这几扇大门的后面，你们自己去找吧。”转念一想，觉得交出钥匙更明智，于是指了指放在宝座前的钥匙说。

棣棣拿起钥匙，毫不迟疑地向大厅里的第一扇门跑去。其余的几位吓得哆哆嗦嗦，面包先生牙齿打战，糖果先生低声哀号，咪棣哭喊着要回家。棣棣坚定地向大门走去。

门打开了，大家都屏气凝神。霎时间，黑暗中出现了一群白色的身影，四处乱窜。棣棣奋力驱赶它们。

“里面全是鬼怪！门一旦打开，关在里面的罪恶、灾害、瘟疫、恐怖都会逃脱，出现在人间，后果不堪设想。”夜神说。

“我们不能被吓倒。”小狗蒂鲁最恨妖魔鬼怪的把戏，忠心耿耿地守在棣棣身旁，气呼呼地说。

“救命呀！快赶走它们！”为了配合猫的诡计，夜神装作吓得要命，大叫。其实，她一句话就能把这群鬼怪赶回原处。小狗蒂鲁向白色身影冲过去，撕咬它们的腿。白色身影只好乖乖退去。

“哼！谁不知道我锋利的牙齿，可我还真没见过这群鬼东西，咬它们的腿就像咬棉花一样！”鬼门终于关闭了，狗舒了一口气。

“这里面是什么？我能打开这扇门吗？”棣棣走向第二扇

门，问道。

“那里面全是疾病。它们可都是些安静的小东西，你自己开门看看吧。”夜神说。

棣棣打开门，愣在那里，一句话也说不出来，因为在里面什么也看不见。

棣棣正打算把门关上，一个戴着棉睡帽、穿着睡衣的小家伙把他挤到一旁。小家伙在大厅里跳来跳去，摇头晃脑，还不时停下来咳嗽、打喷嚏、流鼻涕。他穿的拖鞋太大了，老往下掉，看上去很滑稽。棣棣和糖果先生、面包先生不再害怕，反而大笑起来。可是，还没等走近小家伙，他们便开始咳嗽、打喷嚏、流鼻涕。

“这是最轻的疾病，叫感冒。”夜神说。

小狗蒂鲁又一次冲上前去，把小家伙赶进门。

到目前为止，棣棣和咪棣经历的磨难并不算可怕，还有真正的考验在等待着他们。孩子们鼓足勇气向第三扇门走去。

“小心，这里关的是战争魔鬼！要是跑出来一个，后果将不堪设想，它们的威力强大！你们要站稳了，随时做好关门的准备！”夜神的声音阴森恐怖。

夜神话音刚落，勇敢的棣棣就开始后悔自己的莽撞。他正要把刚打开一条缝的门关上，一股不可抗拒的力量便从门缝里涌出来，血像决口的洪水一般从门缝里倾泻而出，霎时间硝烟弥漫，枪炮声、喊杀声、发誓声、呻吟声乱作一团。夜宫里一片混乱，人们四处奔逃。面包先生和糖果先生本想逃跑，又苦于找不到出路，只好跑到棣棣身旁，帮他一起拼命用肩膀顶住门。

“他们恐怕不会再开别的门了！”猫暗自窃喜，小声对夜神说。

“看到战争了吧！”夜神幸灾乐祸。

“太可怕了！太血腥了！我想青鸟不可能在这里，我还要打开下一扇门。我一定要看到全部！”棣棣心有余悸，但仍满怀信心地说。

“不能开那扇门！那扇门我决不允许你打开！”夜神厉声道。

棣棣抬起头，向更加阴森的第四扇门走去。

“不要开那扇门！别再往前走了！别拿性命开玩笑。只要打开那扇门，哪怕是打开头发丝那么细的一条缝，必将大难临头！你们将必死无疑！”夜神用最后一招恐吓棣棣。

“亲爱的主人！可怜可怜我们吧！别去开那扇门！”面包先生央求道。

“我一定要打开这扇门!”棣棣临危不惧，像真正的英雄一样大声说。

出人意料的事情发生了：眼前出现的是一个梦幻般的花园。在这个梦幻花园里，瀑布从天上飞流直下，花朵闪闪发光，树木披着银色的月光，一群东西在一簇簇玫瑰间飞来飞去，像蓝色的云彩。棣棣擦了擦眼睛，定神看看，发疯般冲进花园。

“找到了，我们终于找到了，千千万万只青鸟啊，快来呀，快呀!”棣棣兴奋地喊道。

一伙人飞也似的奔过来，冲到鸟群中捕捉青鸟。

“我捉住了七只!”咪棣喊叫着。

“我也捉到了好多只。我们快走吧，光神正等着我们呢，她一定会非常高兴!”棣棣说。

他们欢天喜地地从夜宫出来。夜神和猫忧心忡忡地互相望着。

“青鸟被他们捉住了?”夜神沮丧地问。

“没有。”猫一抬头，看见真正的青鸟正高高地飞翔在空中。

棣棣和伙伴们顺着通向光明的台阶往上爬，每个人都兴高采烈，紧紧抱着自己捉来的鸟。可是他们谁也没有想到，每接近光明一步，怀中这些可怜的鸟离死亡就更近一步。所以，当他们沿着台阶来到光明中的时候，怀中的鸟全都死了。

“抓到青鸟了吗？”焦急的光神正翘首期盼，见到他们便急忙地问。

“抓到了。青鸟可真多呀！”棣棣把鸟捧给光神看。

可是，他怀里的鸟却一动不动，它们的翅膀都折断了，不再是刚才那活蹦乱跳的青鸟。棣棣痛哭着扑到光神的怀里，他的希望再一次成了泡影。

“孩子，别哭，你捉的青鸟不能在阳光下活，不过我们一定能找到它。”光神安慰着棣棣。

“我们一定能找到！”伙伴们异口同声地说。

“孩子们，我有一个想法，我们到幸福花园去，命运守卫着花园的大门，人类的一切欢乐和幸福都会聚在那里。青鸟既然是幸福的象征，没准儿它也在那里。”在一个阳光明媚、空气清新的早晨，光神来找孩子们。

“幸福花园？那里有很多幸福吗？”棣棣问。

“是的，那里有各种各样的幸福。这次，我陪你们去。”光神还指定狗、面包、糖果陪两个孩子进去。至于猫，就随她去吧。

幸福花园里奢华无比，中间放着一张气派非凡、碧玉镶嵌的大餐桌，上面摆放着金盘银盏、水晶器皿、玉石烛台，还有各种美味。世上最奢侈的享乐者们围桌而坐。

“那些胖先生是什么人？”棣棣问。

“他们依次是有钱幸福、私有幸福、虚荣幸福、无知幸福、无为幸福、瞌睡幸福，都是些最低级的享乐者。”光神说。

然而，最吸引孩子们的还是桌上的美味。

“这些点心多精致呀。”咪棣咽着口水。

“还有红肠、羔羊腿、小牛肝。我敢说，再也没有比小牛肝更可口的食物了。”小狗蒂鲁赞不绝口。

“他们很好客，也许会邀请你入席。不过，你千万不要接受，否则你会忘掉自己的使命！”光神提醒棣棣。

“快看，他们吃上了！”棣棣冲着光神喊道。

“快把他们叫回来，不然他们会遭殃的！”光神连忙对棣棣说。

“喂，蒂鲁，马上回来！还有面包、糖果，都快回来！”棣棣喊着，可是没有一个人听棣棣的话。

“棣棣，按一下宝石。”光神提醒道。

棣棣按动宝石，一座神话般幽静的百花园出现在面前，享乐者们顿时痛苦万分，落荒而逃。

天使般的生灵从沉睡中苏醒，大地一片生机。

“看那儿，那群欢笑跳跃的小不点儿是儿童幸福。”光神指着远处说。

“可以和他们说话吗？”棣棣问。

“他们不会说话，而且生命短暂，因为童年是短暂的。”

光神回答道。

“在那儿，他们在那儿，他们能看见我们啦!”高个子们欢快地围过来说。一群高个子跑来，他们欢天喜地。

“我们都是住在你家的幸福，只是你平时没注意到我们。”他们争先恐后地自我介绍。

“原来我家有这么多的幸福啊!”棣棣发出了一声感叹。

“这里的每一位我都认识，他们是正义幸福、善良幸福、理解幸福，还有最伟大的母爱幸福。”一位家庭幸福介绍说。

“棣棣！咪棣！真没想到，能在这里看见你们。你们不认得我了?”母爱幸福大声呼唤着。

“不，我认出来了，你很像我的妈妈，可你比我妈妈更年轻、更漂亮。”棣棣结结巴巴地说。

“当然了，这里的人是不会变老的！在这儿每过一天，就给我增添一分力量、青春和幸福。你们每微笑一次，我就会年轻一岁。在家里，这是不可能的。但在这儿，什么都有可能发生，真的。你们是怎么来的？”母爱幸福说。

“是光神带我们来的。”棣棣回答说。

“我虽然从没见过她，但是我们一直在等待着她。她对你们真的非常好。快来啊，兄弟姐妹们，光神来看我们了！”母爱幸福话音刚落，众幸福们便蜂拥而上，拥抱光神，有些幸福还流下了幸福的泪水。

光神带着孩子们悄悄离开花园，去了另一个地方。

“这是哪儿啊？”棣棣惊叹。光神告诉他，这里是未来世界。

“大家快看，活孩子来了！”身着青色长袍的孩子们叫嚷着。

“他们怎么叫我活孩子？”棣棣问光神。

“因为你已经获得了生命，而他们正等待着出生。世界上所有的孩子都是从这里出去的。每当父亲和母亲想要孩子的时候，那扇大门就会开启，孩子就出去了。”光神解释道。

孩子们在一起总是很容易相处的，大家你一言我一语，谈得非常投机。从交谈中，棣棣得知这里的规定：在去地球的时候，每个人都要带件东西，无论是好是坏，比如发明、美味、疾病或大罪等。

这时，地球的喧嚣声传来，一道红绿色光芒射进大殿，一个高个儿老人出现在门前。他鹤发童颜，手持镰刀、沙漏，身后是玫瑰色的曙光和云雾般的码头，码头上停泊着一艘帆船。

“他是谁?”棣棣好奇地问。

“他是时间老人。那些将在今天出生的孩子去地球的时刻到了，时间老人是来领他们去人间的。”光神回答道。

“他凶吗?”棣棣又问。

“不凶，但很耿直。不管你说什么，他都会把不该走的人推开。棣棣、咪棣，你们听好了，我找到青鸟了。你们拿好，千万别让时间老人看见你们。”光神回答说。

那些要前往地球的孩子上了船，与留下来的孩子们挥手告别。悠扬的歌声传来，那是地球上的妈妈在迎接着自己亲爱的孩子。棣棣和咪棣也忍不住对船上的孩子挥动手臂。

时间老人关门前向大殿里瞥了一眼，无意间发现了棣棣、咪棣和光神。

“怎么回事儿?你们在这里干什么?你们是什么人?为什么不穿青色衣服?你们是怎么进来的?”时间老人怒火万丈地扑过来。

棣棣右手搂着青鸟，左手拉着咪棣，穿过青色长廊一路飞奔，离开未来世界。

“啊，青鸟丢了！”跑着跑着，棣棣突然发现右手空了。千辛万苦找到的青鸟，眨眼间消失得无影无踪了。这一切就像是一场梦，孩子们无比忧伤地回到光神的住处。

“请告诉我，青鸟在哪儿？”棣棣的脑海里全是捕捉青鸟的念头，他问光神。

“这要靠你自己去寻找。你每经过一次考验，都会离青鸟更近一步。仙女蓓丽吕来信说，青鸟可能躲在坟墓里。这次别人无法帮助你们了。”光神微笑着。

“可我怎样才能找到它呢？”棣棣问。

“当你按动头上的宝石，就会看到一些死人从坟墓里爬出来。你要仔细观察，找到那个藏着青鸟的人。”光神回答道。

面包、牛奶、糖果吓得直哆嗦。棣棣握紧咪棣的手，坚定地点了点头。

踏进墓地的一瞬间，他们感到气氛阴森可怕，到处是白色的十字架和歪歪斜斜的墓碑。

“哥哥，不要去了，我们回去吧！”咪棣拉着棣棣的手不敢前进半步，小声哭泣道。

“怎么能半途而废呢?”棣棣的意志一点点坚强起来，终于战胜了恐惧。

远处的钟声敲响了十二下，意味着死人就要出来了。

棣棣按动宝石，四周突然沉寂下来。他看到十字架晃动不止，土地裂开，石板一块接一块地掀起来。棣棣不知道会发生怎样的恐怖事件，闭上眼睛，像木头人一般。

时间过得很慢很慢，棣棣觉得足有一个世纪之久。继而，一阵悦耳的鸟啼声伴随着微风传来，阳光暖暖地洒在他们身上。棣棣好奇地睁开眼，立刻惊喜地欢呼起来。墓地变成了一座仙境般的花园，到处绽放着娇艳欲滴的玫瑰花。

他们突然意识到，死亡是不存在的，生命将会永生。棣棣和咪棣的周围全是可爱的鸟儿，不过没有青色的。

“死亡是不存在的！死亡是不存在的！”孩子们一点儿也不失望，在这个看似死亡却又美丽的国度里，他们惊喜万分地叫喊。

一回到光神的住处，棣棣和咪棣就躺在床上睡着了。光神不想打扰他们，吻了吻他们的额头就离开了。

黑暗中，棣棣觉得有一只毛茸茸的爪子在自己的脸上抓来抓去。他一骨碌坐起身。黑暗中，一对发光的眼睛正注视着他。是猫。

“你有什么事吗?”棣棣打着哈欠问猫。

“我有一条妙计，保你抓到青鸟。只要我们能溜出去，不让别人发现，青鸟就手到擒来。这回我豁出去了。你最好跟我来。”猫凑到他耳边轻声说。

棣棣一心想快点儿找到青鸟，加上他很善良，没有识破猫的诡计，拉着咪棣就走，跟猫离开光神的住处。忠实的小狗蒂鲁知道猫没安好心，跟在他们后面。

“走开，这里不需要你。”猫察觉了。

小狗蒂鲁不为所动，心里只有主人，猫也无可奈何。

“我们到了，请按动宝石吧。”来到森林深处，猫大声喊道。

周围的老树抖动着身上的叶子，张开手臂般的树枝，树根也从泥土里拔出来，站立着。

“请把青鸟给我们吧，我们很需要它。”树国王迈着沉稳的步子走来。棣棣一眼就看到了落在树国王枝杈上的青鸟。

“你是伐木人的儿子吧。那个伐木人杀害了我一千五百个儿子，一万三千个亲戚！你没资格索要幸福的青鸟。”一位树大臣突然插话说。

猫知道自己的诡计得逞了，便趁乱躲起来。众树拿着武器，怒视着孩子们，打算为自己的亲人报仇。小狗蒂鲁警觉起来，准备上前用锋利的牙齿咬碎他们。可是树实在太多了，常春藤用他结实的藤条把狗缠绕在一棵大树上，棣棣也被榆树刮伤了脸。

“挺住啊，主人！我听到有人来了，是光神！”小狗蒂鲁灵敏地感觉到正有人朝他们走来。

“快按动宝石啊！”光神看到伤痕累累的棣棣，大声惊呼道。

光神来了，森林里立刻现出光明。棣棣立刻照办，众树转眼间恢复了原样，森林里一片寂静。棣棣简直不敢相信刚才发生的一切，他差点儿死在众树的手中。

光神心疼地望着受伤的棣棣，觉得孩子已经受到了惩罚，不忍心再责备他。

咪棣、棣棣和小狗蒂鲁兴奋地拥抱在一起，庆祝他们劫后余生。他们相互察看着身上的伤口。

大伙儿回到光神的住处休息，棣棣后悔没听光神的告诫，因此没有说见到青鸟的事。

“我想你已经受到了教训，学会了独自面对周围的一切。这对你是件好事。”光神温和地对棣棣说。

从孩子们出门旅行那天起，一晃已经一年了，现在他们应该分手了。光神忧伤地计算着时间。

她对两个孩子的表现很满意，并为他们感到骄傲。可是她对其他人却很失望，面包整天只知道吃，胖得连路都走不动了，只能让牛奶推着他走；火行为依旧莽撞；水天天缠着糖果；可怜的糖果越来越瘦；猫还是谎话连篇；小狗永远控制不了对猫的憎恨。

“看来，他们没变聪明，相反变得更加愚蠢了。对于我的住所，他们丝毫不能领会其中的奇妙。他们是身在福中不知福，失去了，才知道幸福的可贵。”光神叹着气。

这时，一只美丽的鸽子落在光神的膝上。鸽子的脖子上系着一封信，上面写着：一年时间已到。

“我们就要分别了。”光神站起身，挥动仙杖，把孩子们带回他们一年前离开的小屋。

他们没找到仙女想要的青鸟。棣棣的心事没有逃过光神敏锐的眼睛。

“别灰心，你已经尽力了。凭着你的胆识、信念和勇气，你一定能找到的。”光神脸上露出慈祥的笑容。

光神转身让动物、静物与孩子们告别，他们拥抱吻别。

“您能留下来吗？”兄妹俩不想让光神离开，恋恋不舍。

“我不能留下来。但你们记住，每一缕月光，每一丝星光，每一片曙光，每一道灯光，你们心灵中的智慧之光，都是我在和你们说话。”光神的身影模糊，声音渐弱，一道亮光向远处飞去。孩子们回过头来，其他人已不见了。

伐木人的小屋里，时钟已经敲响了八下，可是棣棣和咪棣还在床上酣睡。他们还没有从梦中醒来，还在呼唤着光神。妈妈走来将他们唤醒。

“起床了，棣棣！起床了，咪棣。别再睡懒觉了，天已经很亮了，快起床吧。八点都敲过了，大太阳已经升到森林上面了。”妈妈温柔地喊道。

“妈妈，我们终于回到家了。这些日子你过得好吗？”棣棣一边穿衣服，一边讲述着他们的冒险经历。

“仙女蓓丽吕请求我们帮助她找幸福青鸟，我们去了回忆国，在那里见到了爷爷、奶奶；去了夜之宫，看到了许多可怕的东西；还去了未来世界，那里有好多可爱的孩子。”咪棣也不时插一两句话。

妈妈知道，孩子们一定是做了一个神奇的梦。

这时门响了，进来一位装扮和仙女十分相像的老太婆。

“仙女蓓丽吕来了！”孩子们以为是仙女又来了，抱着老太婆欢呼。

“什么仙女蓓丽吕？你们不认识邻居柏林考脱太太吗？”妈妈不由得担心起来。

“当然认识，她就是仙女。”孩子们异口同声地说。

“看来你们的梦还没醒，我的女儿也经常说这样的梦话。”老太婆摇着头说。

棣棣想起了老太婆生病的女儿，她很喜欢自己的鸟，以前曾说过，只要有了鸟，她的病就会好。

“我的鸟变成青色了！它就是青鸟，原来它就在我们的

身边！”棣棣取下鸟笼递给老太婆，突然惊呼。

“谢谢你，可爱的棣棣，我现在就回家转交给我的女儿。”柏林考脱太太喜笑颜开。

棣棣很高兴，家里的一切都变得更美好了。

柏林考脱太太的女儿病好了。

小姑娘来到棣棣家，紧紧抱着棣棣的鸟，微笑着站在众人面前。

棣棣突然意识到了光神的秘密：给别人幸福，也就意味着自己将会得到更大的幸福。他的内心充满了快乐和幸福，所以他眼中鸟的翅膀也像天空的颜色一样蔚蓝。

可爱的光神什么都没对孩子们说，只是给他们指引了一条通过善良、仁爱、慷慨而最终到达幸福的道路。

我们每一个人都在寻找着自己的幸福，其实幸福并不难得到，如果我们经常怀着无私、良好的意愿，那幸福就会近在咫尺。

三个孩子高兴极了，他们拿了一点儿吃的喂小鸟，大人们非常开心，微笑地望着他们。

格陵兰萨迦

从前，有个叫红色埃里克的青年和他的父亲在挪威生活。由于伤了人命，他们不得不从挪威的雅德伦逃到了冰岛。

冰岛早就被其他人占领了，凡可居住的地方都已经有人定居了。由于无处安身，父子俩只好到德伦加尔的霍恩荒滩上栖身。经历了这场惊吓、折腾和苦难，父亲染上了重病，不久就离开了人世，只留下埃里克一个人。

过了一段时间，埃里克娶了肖德希尔德为妻。从此，他结束了这段孤独的生活。

埃里克从不屈服于生活压力，带着妻子往南迁徙到了一个叫瓦特恩岬角的地方，在那里建造了自己的埃里克农庄。

肖德希尔德为埃里克生了个儿子，取名莱夫。

后来，又发生了一件事儿。埃里克杀了埃约尔夫·索尔和号称“决斗者”的赫拉弗恩，这回他被放逐出赫伊卡峡谷。

无奈，他只好朝着布雷达峡湾西行，在奥克森岛上定居，重新建造了埃里克农庄。

埃里克想起曾把打造高背座椅的雕花木板，借给了布雷达博尔农庄的索尔盖斯特。他想要回这些木板，没想到却被那人一口回绝。

为此，发生了争吵，后来竟演变成厮杀。

虽然有索尔比约恩等朋友们的支持，可对手也有支持者。在索尔海湾的审判大会上，埃里克还是被判处放逐。

埃里克立即买船安排远行。

这天，斯蒂尔等几个朋友前来相送。他们陪着埃里克驶出了沿海的岛屿群。埃里克很感动，告诉他们，他要去寻找贡比约恩曾经看到的一片陆地，如果找到了，就返回来遍访故旧。

贡比约恩那次航海，被风吹得驶离航线并发现了贡比约纳尔礁石岛群，并在远处见到一片绿地。

埃里克绕过斯纳弗尔冰川向大海驶去。

他先在布莱塞尔克弃舟登陆，然后又沿海岸南下，巡视这片土地究竟哪一块更适合居住。

这个冬天他在埃里克岛度过，后来又到了埃里克峡湾且在此安了家。

这个夏天，埃里克跋涉着去西部旷野荒原探险，也为许多标志性的地点起了地名。次年冬天，他在瓦尔弗峰旁边的埃里克霍尔姆群屿度过。第三个夏天北上驶到了斯纳弗尔，当驶进赫拉弗恩峡湾之后才决定折回，因为这里离陆地实在是太远了。不过，他还是在埃里克岛上过了第三个冬天。直到第二年夏天，埃里克才驾舟返回冰岛布雷达峡湾。

他把已经发现的陆地起名叫格陵兰（意思是绿岛），他坚信好名字会吸引探险者前来的。在冰岛过冬之后，这回他在埃里克峡湾的布拉特里德安了家。

这次随埃里克出海拓土的船只最初有二十五艘，到达彼岸的只剩十四艘，可见风险难度之大。跟随埃里克的人在格陵兰占据了土地。赫尔约夫·巴达尔松占有的地盘叫赫尔约夫峡湾，凯蒂尔占有的就叫凯蒂尔峡湾，其他人占领的峡湾还有埃纳尔峡湾、哈弗格里姆峡湾、阿恩劳格峡湾。那些没占得土地的就只好向西去了。

上面说到的赫尔约夫·巴达尔松，曾经在德雷普斯托克居住过，他的妻子叫索尔盖尔德，儿子叫比约恩尼。

比约恩尼是个大有出息的人，年轻时就出海去外国，挣得了财富也有个好名声，冬天或是在海外生活，或回到冰岛陪伴父亲，年年如此。比约恩尼很早就有了自己的商船。

比约恩尼在挪威度过最后一个冬天时，他的父亲赫尔约夫卖掉了农庄，跟埃里克移居格陵兰了。

在赫尔约夫的船上有个从赫布里底群岛来的基督教徒，他是著写《大海翻腾的谣曲》的那个诗人。诗人唱道：

我恳求圣洁僧侣之主，

为我指点出旅程的航向，

但愿崇高的上帝在天空，

伸出有力的手把我庇护。

赫尔约夫建了赫尔约夫岬角家园，成了很有身份的头面人物。

埃里克居住在布拉特里德。他赢得了极大的尊重，格陵兰人对他都肃然起敬，承认他的权威。埃里克有三个儿子，莱夫、索尔瓦尔德和索尔斯坦恩，还有一个女儿弗蕾迪丝。弗蕾迪丝嫁给了一个名叫索尔瓦尔德的人，夫妻居住在加尔达尔。弗蕾迪丝是个蛮不讲理、事事要由她做主的悍妇，好在她丈夫优柔寡断。她肯嫁他也只是看中了他的钱财。

比约恩尼那年夏天到冰岛去看望父亲，谁知父亲早就去了格陵兰。听说父亲走了，他就不让卸船上的货物。尽管从没去过格陵兰，但为能继续和父亲在一起，他决定闯格陵兰。

比约恩尼觉得这样闯，在别人看来简直是莽撞的蛮干，但为了看父亲，冒风险也在所不辞。

船在大海上行驶，北风大作，浓雾翻卷，不知漂流了多少时日，也不知航向何方。直到有一天雾散天晴，他才辨

明方向，这才升起风帆，又航行了一天，终于隐隐约约望见了远方的陆地。

陆地上林木茂盛，丘岗连绵，然而并无高山峻岭，于是他们掉转船身重返深海。又过了两天，他们再见一陆地，地势平坦但无树木覆盖。水手想登陆休息，比约恩尼则不允许，这时，大家则议论说船上快断水缺柴了。

“这两者船上都不短缺。”比约恩尼斩钉截铁地说。于是众人哗然，比约恩尼饱受了船员的非难，被抨击得体无完肤。

他命令升帆掉向，驶向大海，抢在一阵西南风前头航行。终于，他们第三次见到了陆地。他们看到，山高岭险，壁立千仞，峰顶上有一个冰湖。船员又询问是否登陆，比约恩尼再次回绝。

可当船只再次进入大海时，狂风陡然大作，比约恩尼吩咐赶紧降低风帆，免得船只和帆缆索具被风吹坏，接下来足足航行了四天才又见到陆地。

“它的模样倒同我听说的格陵兰差不多。”比约恩尼想。

黄昏时分，他登上了一个停泊着一艘船的岬角。这正是他父亲栖身的地方，也正是后来人叫的赫尔约夫峡湾。

比约恩尼放弃了海上的营生陪伴父亲，父亲死后他仍然在那里耕作不辍。

过了一段时间，比约恩尼从格陵兰乘船驶至挪威，拜见了埃里克雅尔，被待为上宾。谈到旅程中见到的那些陆地，大家认为比约恩尼太没有好奇心了，竟然过而不入。比约恩尼在雅尔的宫中充当侍从家臣，直到第二年夏天才返回格陵兰。

比约恩尼发现那些陆地的消息被议论得沸沸扬扬。埃里克的儿子莱夫登门拜访比约恩尼，并从他手上买下那艘船，还招募了一批水手，前往比约恩尼说过的陆地。

莱夫硬拉上父亲埃里克一同出海。莱夫认为父亲会给此行带来好运气。埃里克推辞不过，骑马前往登船。还没走出多远，埃里克从马上摔下扭伤了脚。

“除了我们现在居住的这个地方，我没想再去发现更多的陆地，这里是我们父子一起走过的最远的地方了。”埃里克说道。

埃里克返回了布拉特里德，莱夫则率领三十五名水手上了船。

在海上行驶了很多天，第一次靠岸登陆的地点就是比约恩尼最后见到的那块陆地。抛锚下碇，莱夫和水手们从大船上推出一艘舴艋小船，划小船登岸。

陆地上草木丛生，危岩壁立，高山峻岭间被皑皑冰川所覆盖。

“就这块陆地来说，我们起码做得远远胜过比约恩尼，毕竟脚踏实地站在这里了。我要给这片土地起个名字，就叫‘赫卢兰’吧。”莱夫说道。

再次起航，又航行了数日，他们看见了第二片陆地。大船抛锚下碇后放一艘小艇登陆。这里地势平坦，树木丛生，所到之处都是大片的白沙海滩。

“这片土地应该依据它的自然资源而命名，不妨叫它‘马克兰’（森林草原）。”莱夫说道。

莱夫一行匆匆返回船上，抢在一阵东北风之前行驶了两天，赶到第三片陆地。登陆后天气晴朗，青草上凝结着露珠，他们撸一些露水放在嘴边，吮吸它的芬芳，觉得这是平生最甜的甘露。

他们划船在岛岬和北面突出的岬头间的海峡里朝西驶去。景色宜人，到处是宽阔的浅滩。时值落潮，海水低得把船帮显露在水面之上。他们奔向岸上一处豁口，一条河流从湖泊里缓缓延伸……

当潮水使大船重新飘浮起来时，大家把大船拖曳进那条河里，逆流而上停泊在湖里，然后抛锚下碇。莱夫让大家把吊床扛到岸上，搭几间草棚，决定在此过冬。

河流中有鲑鱼，他们从未见过那么大的鲑鱼。

这个地方整个冬天都没有霜冻，青草几乎不枯萎，所以冬天也不必为牲畜积攒干饲料。岛上九点就见到太阳了，下午三点钟才落山，与格陵兰和冰岛相比，昼夜长短更加均匀。

盖好房子，莱夫就安排一半人留守，一半人出去探险。他要求出去的人务必在天黑前赶回营地，不得分散行动。

有时，莱夫也会外出探查。他身材高大魁梧，强健有力，相貌堂堂，是个精明干练的人，行为举止却处处谦虚克制。

一天晚上，有人报告，一位南方人蒂尔基尔丢了。莱夫训斥了手下，然后带上十二人出去寻找。

没走多远，就见蒂尔基尔兴高采烈地迎面走来。

蒂尔基尔前额凸出，双目歪斜，面貌丑陋，身材矮小，颇为瘦弱。他双手十分灵巧，已经在莱夫家很多年了。

“你为什么这么晚才回来，怎么会同大家走散呢?”莱夫问道。

“我找到了蔓藤和葡萄。”蒂尔基尔情绪高涨地用冰岛语说着。

第二天一早，莱夫吩咐道："我们手头上有两件任务要做。从现在起我们隔天就去采葡萄、割蔓藤、砍树木，把船装满。"

把那艘舴艋小船装满葡萄，又装满一船木材，开春后他们就返回了。莱夫按照自然特征命名这个地方为"文兰"（葡萄酒之地）。

一路顺风。已经隐约地看见格陵兰的陆地踪影和它那冰雪覆盖的山峰了，此时，莱夫却出乎意料地撑着船驶向了大风中央。

"怎么撑的船？"船员们抱怨莱夫。

这时他们才发现，原来前面有一条破船，船上站着很多人。

还是莱夫的眼光犀利。

"我之所以想要如此靠近大风的中央，是为了靠近他们。假如他们需要帮助，我们就责无旁贷。可如果他们怀有敌意，我们人多，也吃不了亏。"莱夫说。

驶近破船，降低帆帐，抛下碇石，他们放出另一艘小船，乘小船靠近破船。

蒂尔基尔高声询问他们的头领是何人。

“索里尔，挪威人。”那条破船上有人回答说。

莱夫也报上了姓名。

“莫非你是布拉特里德的埃里克的儿子?”对方问道。

“正是!”莱夫邀请所有人携带行李细软都上了自己的船。

回到布拉特里德，便卸下货物。

莱夫邀请索里尔和他的妻子古德里德还有其他三个人同住，给其余人也安排了吃住的地方。莱夫还从破船上的人中招收了十五个人手。

从此，他便被人称为“幸运儿莱夫”，发了财也扬了名。

那年冬天，索里尔带来的水手之间突然发生疫病。索里尔和几个水手都死于疫病，埃里克也在那个冬天亡故了。

莱夫的文兰之行，成了人们奔走相告的话题。

莱夫的弟弟索尔瓦尔德觉得那片土地没有得到广泛的探索。

“等我把破船上的木材运回，你用我的船去文兰。”莱夫对弟弟说。

索尔瓦尔德在莱夫的指导下做着探险的准备。

他带上三十位水手，起程数日后抵达文兰，在莱夫先前建造的那几座房屋附近登岸，以捕捞游鱼为食。

第二年开春，索尔瓦尔德吩咐众人把船只收拾停当，然后派出一小部分人乘大船上的舴艋小船，沿海岸往西进行探险。

他们发现了吸引人的土地。那里的林木繁茂，枝杈往四处伸展，几乎低垂匝地。沿岸的白沙滩一望无际，有数不清的小岛，在西边一个岛屿上竟发现了一处人工木制的棚架。

这也是他们发现的唯一的人工制造物。直到秋天，他们才返回莱夫斯布迪尔营地。

第二年，索尔瓦尔德乘大船往东驶去，然后又沿着海岸折向北行。不料他们在一处岬角地附近遇到了猛烈的狂风，船被冲到岸上，龙骨被震得散了架。他们花了很长一段时间才把船修好。

“我要在这里把古老的龙骨竖起来，所以这地方应该叫‘克雅拉海湾’。”索尔瓦尔德说。

修好船，他们沿海岸往东行驶。不久来到了两个峡湾交汇的入海口，这里树木无数，森林连绵。索尔瓦尔德把船靠过去，放跳板，登岸。

“这里风光旖旎，我要在这里安家。”索尔瓦尔德说道。

当他们返回船上去的时候，前面那块岬角地附近的沙滩上隆起了三个小圆丘。原来是三艘皮划子，每艘皮划子底下躲藏着三个男人。

索尔瓦尔德和他手下分散队伍前去抓捕。除一个人驾舟逃走外，其余的全被杀掉了。

他重新返身回到那块岬角地，仔细搜索，在峡湾稍远一点儿的地方，竟然发现了许多小圆丘。原来这里早已经有土著居民定居了。

四周沉寂，天气暖和，一切都懒洋洋的。他们困倦不堪，一会儿工夫就都睡着了。

“快醒醒，索尔瓦尔德和你的手下人！若是你们想活命，赶快退回到大船上去，同其他人汇合，尽快离开此地！”也不知睡了多长时间，一个怒喝的声音把大家吵醒。

远处，一大群皮划子正从峡湾的溪流里直扑过来。

“赶快在船舷上筑起胸墙，尽量保全自己，愈少反击愈好。”索尔瓦尔德吩咐。

大家遵令，那些土著人朝他们围了上来，一时间利箭如飞蝗。索尔瓦尔德一行人掉转船头逃之夭夭。

“我的腋窝里有一处创伤，有一支箭射到我的腋下，就在这里。”索尔瓦尔德用手指着伤处。

“这处创伤会使我身亡。我奉劝诸位快点回家去。在此之前，我要你们把我运载到那块我觉得十分适宜安家的岬角地。把我埋葬在那里，自此之后那块地方永远叫作克洛萨海湾。”索尔瓦尔德接着说。

言罢，索尔瓦尔德气绝身亡。他的手下遵照他的要求办理了丧事，然后去会合看守营地的那些人，相互叙述了这次探险的种种消息。

他们在那里过了冬，把采集的葡萄和蔓藤作为货物，开春之后便动身返回格陵兰。他们在埃里克峡湾停泊靠岸，把沉痛的消息禀告了莱夫。

与此同时，在格陵兰，埃里克峡湾的索尔斯坦恩娶了索尔比约恩的女儿，也就是索里尔的遗孀古德里德为妻。

索尔斯坦恩十分渴望到文兰去把他哥哥索尔瓦尔德的遗骸运回来。他挑选了二十五名高大强健的水手，弄来一只船，带着妻子古德里德前往。

他们出海的情景却十分可怜，整个夏天都在任凭天气摆布。后来，他们在冬天来到的前一个星期抵达格陵兰的西移民区，在苏峡湾登陆上岸。

索尔斯坦恩忙碌奔走，为船员安顿了房子，而自己和妻子却找不到房屋，只得在船上暂住。

这天早晨，一伙人来到船边。

“他们都叫我黑色索尔斯坦恩。”领头的介绍自己。

“我家里什么都不缺，足够你们俩吃用。不过你们会觉得我家里生活很沉闷，因为就我和我妻子两个人居住，而我又很孤僻，不喜欢同别人交往。”黑色索尔斯坦恩对索尔斯坦恩说。

翌日清晨，黑色索尔斯坦恩果然套着马车前来迎接他们。于是夫妻俩便从船上搬到他的家里，受到了无微不至的照料。

古德里德是个容貌艳丽、引人注目的女人，而且慧黠聪颖。

入冬后不久，索尔斯坦恩的手下染上了瘟疫，许多人病死。索尔斯坦恩吩咐做了棺材，把所有死者尸体停放到船上，准备夏天运回埃里克峡湾。

不久瘟疫蔓延到了黑色索尔斯坦恩的家里，最先病倒的是他的妻子格里姆希尔德。她是个高大的女人，有男人般的力量，但疾病却让她倒下了。

后来，索尔斯坦恩也染上了瘟疫。

黑色索尔斯坦恩要出去找木板放置尸体。

“不要去得太久，亲爱的朋友。”古德里德说道。

“马上就回来。”他回答。

“快看看格里姆希尔德，真是怪得出奇。她居然用肘撑着抬起身来，把双脚伸出床外去找鞋子。”片刻后，索尔斯坦恩在病床上忽然说。

这时，黑色索尔斯坦恩回到屋里，格里姆希尔德往后倒在床上，沉重的身体使房梁都吱嘎作响。

就这样，格里姆希尔德走完了人生的最后一程。

钉好棺材，黑色索尔斯坦恩把死去的妻子扛出门外。

不久，索尔斯坦恩也故去了。在他断气之际，三个人都在屋里，古德里德坐在矮凳上守在丈夫的病榻前。索尔斯坦恩刚一咽气，黑色索尔斯坦恩便张开双臂把古德里德抱在自己双腿上，他坐的长凳刚好在她死去的丈夫正对面。黑色索尔斯坦恩千方百计地安慰她，要她节哀顺便，并答应把她丈夫的遗骸运回埃里克峡湾。

“古德里德在哪里？”正说话间，索尔斯坦恩猛然坐起身来说道。

连喊三遍，古德里德却不吱声。

“我究竟要回答他还是不吭声？”她转过身去问黑色索尔斯坦恩。

“不要接茬！”黑色索尔斯坦恩说。

“我急于告诉古德里德她今后的命运，这样她同我生死诀别亦会好受一些，因为我毕竟要长眠地下。我有这几句话告诉你古德里德。你将会嫁给一个冰岛人为妻，夫妇俩厮守到白头，都会活得很长寿。你将子孙满堂，他们个个都魁梧健壮、聪明而且大有出息。你和你的丈夫将从格陵兰去挪威，再从那里到冰岛。在冰岛你们将安顿下来，要居住很长时间。你的丈夫将先你而去，你独自一人去罗马，然后返回冰岛，在你的农庄上兴建起一座教堂。你将被委任为本堂修女，一直在那里主持直到寿终正寝。”停顿片刻，索尔斯坦恩自顾自地说道。

话刚说完，他便往后倒去。黑色索尔斯坦恩将索尔斯坦恩停放在船上。

黑色索尔斯坦恩言出必行，第二年开春，他卖掉了农庄和牲畜，把古德里德连同她的随身细软都运到船上。

他把船打点停当，招收水手，然后驾船驶向埃里克峡湾。所有遗骸得以返回故土，埋葬在一个教堂的墓地里。

古德里德回到布拉特里德住在莱夫的家里。

黑色索尔斯坦恩在埃里克峡湾重新安了家，他是一个受到器重的人。

这一年夏天，有一艘船从挪威来到了格陵兰，船东叫索尔芬·卡尔塞夫尼。卡尔塞夫尼也是一个十分富有的人，他同古德里德一见钟情，不能自已，便向她求婚。可是她却要莱夫替她做出回答，同年冬天他们便举行了婚礼。

那时，文兰仍是个热门话题。所有人都劝卡尔塞夫尼去文兰闯一闯，在妻子的劝说下，卡尔塞夫尼决心前去。

他聚集了六十个男人和五个女人，然后同船员们达成一个协议：这次远征不管盈利多少，必须人人均摊。

他们带上各种家畜，准备在那里长久定居。

卡尔塞夫尼询问莱夫是否可以占用他在文兰建造的那些房屋。莱夫回答说他乐于出借，但不奉送。

出海不久他们就抵达了莱夫斯布迪尔营地。

一天，一条鳁鲸被冲上岸，他们宰割而食。其实这里并不缺少食物。牲畜在青草地里吃得肥硕，特别是一头公牛。

卡尔塞夫尼吩咐大家伐树，长度适合装船，然后把树木放在岩石上晒干，以减少重量。

他们把这块土地上能够取得的统统利用起来，如葡萄、各种猎物，还有其他土产品。

又一个夏天来到了，他们第一次同土著斯克莱林人相遇。

只见成群结队的人从森林跑了出来，受惊的公牛起先是哞哞地叫，后来就大声吼叫起来，声震原野。那些斯克莱林人吓得不知所措，便拿着裘毛、貂皮和各色兽皮直奔卡尔塞夫尼的房屋而来，想要推门而入，可是卡尔塞夫尼已有防备，大门上了栓。双方都听不懂彼此的语言。

进不来，斯克莱林人就放下手里的东西，一件件地展示，可能是要换武器。

卡尔塞夫尼不允许手下卖武器。

僵持了一会儿，卡尔塞夫尼安排女人把牛奶抬了出来。

斯克莱林人一见牛奶就不要别的了，把成捆的皮毛留在了现场。

这件事发生后，卡尔塞夫尼吩咐在房屋四周竖起一圈高大结实的栅栏，这样他们才可以安心居住。

大概就在这时候，卡尔塞夫尼的妻子古德里德生下一个儿子，起名叫斯诺里。

第二年初冬，斯克莱林人再次前来，这回人数更多，携带着和以前相同的货物。

“你们不妨将上一回需求最多的货物抬出来给他们，用不着别的。”卡尔塞夫尼关照女人们说。

那些斯克莱林人一见牛奶，纷纷把成捆的毛皮从栅栏上抛了进来。

古德里德坐在门口，儿子斯诺里躺在身边的摇篮里。

一个人影遮住了门洞，原来是个土著女人，她身材短小，黑色紧身束腰外衣，栗褐头发上箍着带子，皮肤很苍白，一双眼睛是古德里德所见到的人类中最大的。

“你叫什么名字？”她径直走到古德里德跟前，开口问道。

“我叫古德里德。”古德里德把黑衣人拉到身边坐下，片刻间，她耳边传来一阵喧闹声，那个女人就不见了。

就在这时，有人杀死了一个试图偷窃兵器的斯克莱林人。斯克莱林人一哄而散，货物抛了一地。

除了古德里德谁都没有看到那个黑衣女人。

接下来，卡尔塞夫尼小心防备，牲畜放进林中，人员埋伏在湖泊、树林。果然奏效，他们打败了前来报复的斯克莱林人。

开春后，卡尔塞夫尼便把葡萄、皮毛等值钱的土产品装上船，平安抵达了埃里克峡湾，并在那儿过冬。

文兰之行又成为人们的话题，因为远征都被看成是发财的大好手段。

卡尔塞夫尼从文兰返回的那年夏天，有一艘船从挪威驶抵格陵兰，船由海尔吉和芬博基兄弟俩指挥。他们是冰岛人，出生于伊斯特峡湾。

这天，埃里克的女儿弗蕾迪丝，从加尔达尔来拜访海尔吉和芬博基兄弟俩，想与他们合伙去文兰做一次远航，盈利平摊。哥俩表示愿意效劳。

于是她去找哥哥莱夫，央求他把在文兰盖造的房屋送给她，莱夫的答复还是乐意借给她用，但不奉送。

达成的协议是每一方各自带三十名身强力壮的船员，弗蕾迪丝却在船上藏匿了五人，到了文兰后，兄弟俩才发觉。

启程前他们一致同意相互照顾。他们的船只途中相距并不很远，兄弟俩的船只稍早一点抵达了文兰。他们把货物先搬到了莱夫的几幢房屋里。

“你为什么把东西放到这儿？”弗蕾迪丝厉声喝道。

“早知你心眼如此邪恶，就不会与你合作了。”两兄弟反击说。

两兄弟把自己的东西搬了出去，在湖泊的湖岸上另盖了房子，只是更深入腹地了。

两兄弟倡议的游艺活动，只热闹了一阵子后就因纠纷不欢而散。两家之间断绝了往来。

有一天清晨，弗蕾迪丝披上丈夫的披风，径直走到了两兄弟的房屋跟前。房门虚掩，她推门而入。

“你到这里来干什么，弗蕾迪丝？”芬博基睡在离门口最远的一张床上问。

“我要你起来陪我走走，我有话要对你说。”弗蕾迪丝回答说。

他们走到屋墙一边横放着的一根树干跟前坐了下来。

“你们的日子过得怎么样？”弗蕾迪丝问道。

“我喜爱这块富饶的土地。可我不喜欢我们之间失和，彼此抱有戒心。”芬博基回答道。

“我也有同感，可是我来找你是因为我想同你们兄弟俩互换船只，因为你们的船要比我的大一些，我想要离开这里。”弗蕾迪丝说。

“我会同意交换的，只要能让你高兴。”芬博基说道。

说完话，他们就各自回家了。

弗蕾迪丝回到家后，又回到床上，她冰冷的双脚使丈夫索尔瓦尔德一下子惊醒过来，问她身上为什么这般冰凉潮湿。

“我登门去拜访那两兄弟，出好价钱买他们的船，我想要一艘大点儿的。想不到这就触犯了他们，他们暴跳如雷，还用拳头拼命揍我。而你，这个窝囊的草包，你不敢找他们算账。不出这口恶气，我就和你离婚。”弗蕾迪丝气愤地说。

索尔瓦尔德无法忍受妻子的讥嘲辱骂，立即吩咐手下人起床拿好兵器，带上队伍直扑那两兄弟的房子。两兄弟的人都在睡梦中被生擒，一个个被拖出屋外，弗蕾迪丝叫一个便杀掉一个。

只剩下女人，没有谁愿意杀女人。

弗蕾迪丝要了一把战斧，亲手杀死了五个女人，做下了这桩令人发指的滔天血案。

“如果谁敢将刚刚发生的事情走漏半点风声，我就杀了他。”弗蕾迪丝自鸣得意，对众人说。

早春刚到，他们将属于两兄弟的船只准备好，船上载满了各种土产品，在初夏时分抵达了埃里克峡湾。

弗蕾迪丝返回她的农庄，在她离开期间，这个农庄丝毫没有荒芜。她赏赐给手下人大笔金钱，借此来要求大家对她的罪行严守秘密。

可她的手下人却不大谨慎，对那桩滔天罪行忍不住时，就脱口而出，讲上一言半语。

这件事后来传到了莱夫耳中。他难以相信，便抓来三个弗蕾迪丝的手下人，那三人忍受不住酷刑就供出了真相。

“我不忍心给我妹妹罪有应得的惩罚。不过我可以预言她的子孙后裔人丁不会兴旺。”莱夫说。

与此同时，卡尔塞夫尼出海到达了挪威，货物出手，他和妻子古德里德受到当地最显贵的人物的推崇。第二年开春，他准备远航冰岛，一个南方人前来造访，那人是来自萨克森的不来梅。他出钱买船上精雕细刻的山墙前端部分，卡尔塞夫尼没有注意那是产自文兰的槭木，觉得价钱好就卖给了不来梅。

卡尔塞夫尼从冰岛北部登岸过冬。第二年他买下了格劳

姆比的土地且安家，后半辈子就一直在那里经营农庄，成了一位德高望重的长者。他和妻子古德里德的子孙，许多都成了位高权重的大人物。

卡尔塞夫尼去世后，古德里德出生在文兰的儿子斯诺里接手农场。斯诺里成婚之后，家事安定下来了，古德里德决定远赴海外到罗马去朝圣。

当她从罗马重返故里时，儿子斯诺里在格劳姆比建了一座教堂，自此古德里德便成了修女，潜心隐居在教堂中直到寿终正寝。

斯诺里生下一个儿子，名叫索尔盖尔。他的孙女英格维尔德日后生下的儿子便是布德主教。

斯诺里还有一个女儿，名叫哈尔弗里德，嫁与鲁诺尔为妻，生下的儿子是索尔拉克主教。

卡尔塞夫尼和古德里德老两口还有一个儿子名叫比约恩。他的女儿索鲁恩生下的儿子便是比约恩主教。

卡尔塞夫尼本人子孙后裔人丁兴旺，香火绵绵。他成了一个大家族的祖先。

只有卡尔塞夫尼本人，才能巨细无遗地娓娓道来，将这些远航的故事讲述得比其他人更为脉络清楚。